Steve Ottensen

DINGRINWENDIVUZUENG

Steve Ottensen

DINGRINWENDIVUZUENG

Aus dem Leben eines Vibratorenbauers

bei Beatrix Knuse

Roman

Bibliografische Information der Deutschen Nationalbibliothek: Die Deutsche Nationalbibliothek verzeichnet diese Publikation in der Deutschen Nationalbibliografie; detaillierte bibliografische Daten sind im Internet über http://dnb.dnb.de abrufbar. Die automatisierte Analyse des Werkes, um daraus Informationen insbesondere über Muster, Trends und Korrelationen gemäß §44b UrhG („Text und Data Mining") zu gewinnen, ist untersagt.

Lektorat: Till Obelov
Korrektorat: Vonni Ottensen
Grafik, Gestaltung: Steve Ottensen
steveottensen@gmail.com
Weitere Mitwirkende: Coverdesign: Ott Berndensen
Verlag: BoD · Books on Demand GmbH, In de Tarpen 42, 22848 Norderstedt, bod@bod.de
Druck: Libri Plureos GmbH, Friedensallee 273, 22763 Hamburg
ISBN: 978-3-7597-7945-8

Inhaltsverzeichnis

Vorwort

Die wenigsten Menschen machen sich Gedanken darüber, wie die Ausbildung in den Betrieben der Erotikbranche aussieht. Auch hier werden jedoch regelmäßig Nachwuchskräfte gebraucht, um eine florierende Industrie mit qualifizierten Arbeitskräften zu versorgen und damit die Zukunft der Branche zu sichern.

Steve Ottensen beschäftigt sich in einer fiktionalen Erzählung mit diesem Thema und erzählt die unglaubliche Geschichte eines jungen Mannes, der sich auf eine ungewöhnliche Lehrstelle bewirbt, um das Handwerk eines Vibratorenbauers zu erlernen - einen Beruf, den es so nie gab!

Die Geschichte beginnt im Jahr 1983. Die geburtenstarken Jahrgänge drücken auf den Arbeitsmarkt und die Ausbildungsplätze sind rar. Notgedrungen entscheidet der Protagonist, den Beruf des Vibratorenbauers zu erlernen und wechselt dazu vom ländlichen Umland Frankfurts in die Großstadt Hamburg. Gemeinsam mit seinen Kollegen Martin, Rüdiger, Roberto und Markus geht er durch dick und dünn. Voller Energie und mit viel Spaß bei der Arbeit erlangen sie nicht zuletzt aufgrund ihres Ideenreichtums und Tatendrangs großen Respekt für ihre Arbeit – auch außerhalb der Firma. Gemeinsam verhindern sie den Untergang des Konzerns und legen den Grundstein für den Gang an die Börse. Als das Verteidigungsministerium sie 15 Jahre später bittet, eine Aufgabe von globaler Bedeutung zu übernehmen, wachsen sie über sich hinaus…

Schule fertig, was jetzt?

Ich erinnere mich noch gut daran, als ich zum ersten Mal mit den Eltern in Frankfurt, der Großstadt Einkaufsbummeln war. Damals im Jahr 1978, ich war gerade mal 12 Jahre alt, wurde die erste MC Donalds Filiale in Frankfurt eröffnet. Der Besuch des Restaurants war mein persönlich geplantes Highlight für den nächsten Ausflug nach Frankfurt. Gutscheine für einen Big Mac gab es zum Ausschneiden in unserem Tageblatt. Nachdem ich den zweiten Big Mac in meinem neuen Lieblingsrestaurant vertilgt hatte, teilte ich meiner Mutter begeistert mit, dass es das beste Essen war, welches ich bis zum heutigen Tag gegessen hatte. Die arme Mama konnte diese Begeisterung natürlich nicht teilen. Hatte sie doch schon damals versucht, uns die Wertschätzung gegenüber gesunder Ernährung zu verinnerlichen.

Die Entdeckung des Schnellrestaurants sollte nicht die einzige Erinnerung an meinen ersten Besuch in Frankfurt bleiben. Beim Flanieren in der Kaiserstraße fielen mir merkwürdige Geschäfte auf. Das eine zum Beispiel hatte rosa Gardinen und es standen drei ulkige schwarze Ständer im Schaufenster. Irgendein Dr. Müller musste hier seine Praxis haben. Auf die Frage, was das für ein komischer Arzt sei, bekam ich keine Antwort von meinen Eltern. Stattdessen musste ich mich mit einem: „Da kannst du später noch hingehen." begnügen.

Zwei Jahre später, mit vierzehn, kam starkes Interesse an Musik und Schallplatten in mir auf. Da hatte Frankfurt mit den Plattenläden Main Radio, Radio Diel usw. natürlich schon einiges zu bieten. Ich machte mich am liebsten schon früh morgens mit der Bahn auf in die große Stadt, die so voller Abenteuer steckte. Angekommen in Frankfurt wollte ich nun all die

Sachen erkunden, die mir damals in Gegenwart meiner Eltern verborgen blieben. Neugierig stolzierte ich durch die Straßen und nahm die Veränderungen der letzten beiden Jahre aus einer ganz anderen Perspektive wahr. Die Arztpraxis von Dr. Müller gab es natürlich immer noch. Jetzt, alleine in der Stadt und ausgestattet mit der Neugierde eines heranwachsenden, vierzehnjährigen jungen Mannes, traute ich mich noch einmal einen näheren Blick in das Schaufenster der Arztpraxis zu werfen. Es hatte sich nichts verändert, alles war noch so wie vor zwei Jahren. Doch jetzt, als Konsument der Jugendzeitschrift „Bravo" wurde mir auch klar, was der Herr Doktor da ausgestellt hatte. Es waren drei riesige Vibratoren in schwarz mit den ganz tollen Namen „Friedrich der Erste", „Friedrich der Zweite" und „Friedrich der Dritte", beginnend bei ca. 20cm, aufsteigend in einem Abstand von 10cm Längenunterschied. Ab diesem Moment war mein Weltbild völlig zerstört. Als unschuldiger kleiner Bubi vom Lande beschäftigte mich das Thema noch eine ganze zeitlang. Es hinterließ tiefe Spuren, so dass die Erinnerungen an das Erlebte immer mal wieder in mein Gedächtnis rückten.

„Der lernt erst einmal einen Beruf", war die klare Ansage meines Vaters schon damals kurz vor der Einschulung. Jahre später war mit meinem eher mäßigen Realschulabschluss in der Hand, eigentlich auch erst einmal nicht viel mehr drin. Die Wahl der Lehrstelle gestaltete sich im Jahr 1982 für mich schwierig, denn die geburtenstarken Jahrgänge drückten alle auf den Arbeitsmarkt und machten so die attraktiven Lehrstellen rar. Nachdem die Eignungstests bei den großen Firmen wie Heraeus, Wibau oder Degussa wenig von Erfolg gekrönt waren, musste ich mir etwas einfallen lassen. Es stellte sich mir die Frage, für welchen Beruf sich ein bequemer, pubertierender Teenager interessieren könnte, der sich für rein gar nichts außer für Mädels, Musik und Mopeds begeistern ließ.

„Ich könnte doch einfach mal eine Bewerbung an Beatrix Knuse nach Hamburg senden und mich als Vibratorenbauer bewerben", überlegte ich mir aus einer Bierlaune heraus, allerdings ohne Rücksprache mit den Eltern zu halten, einfach so aus Frust und aufgrund der aktuellen Perspektivlosigkeit. Der Lehrvertrag wurde mir überraschenderweise umgehend zugesendet. „Ok", dachte ich mir, „jetzt machen wir Nägel mit Köpfen." Unterschrieben schickte ich die Unterlagen zurück, ohne an die Bedeutung meines schnellen Entschlusses große Gedanken zu verschwenden. Der Tag meines Arbeitsbeginns rückte schnell näher. Meine verdutzten Eltern wurden vor vollendete Tatsachen gestellt. Ihnen blieb nichts anderes übrig, als die Berufswahl ihres Sohnes zu akzeptieren. Mir war klar, dass sie wenig Verständnis für meine Entscheidung zeigen würden. Hätten sie mir einfach ein bisschen mehr über die Schulter geschaut und darauf geachtet, dass ihr Sohn die Schule ein wenig ernster genommen hätte, wäre ihnen dieses Drama wahrscheinlich erspart geblieben. Ich verabschiedete mich mit den Worten: „Falls jemand fragen sollte was euer Sohn beruflich macht, dann sagt einfach, dass euer Sohn nach Hamburg gezogen ist und in einer großen Firma eine Ausbildung als Apparatebauer macht. Das hört sich doch gut an."

Auf der Zugfahrt nach Hamburg stieg im Ruhrpott ein lustiger Typ namens Martin in den Zug. Er saß mir im Abteil direkt gegenüber und blätterte ganz cool in dem neuesten Beatrix Knuse Katalog. Amüsiert sagte ich zu ihm: „Eine interessante Lektüre hast du da, genau mein Ding!" Er antwortet mir: „Ich muss mich doch schon mal über meinen neuen Arbeitgeber informieren. Nächste Woche beginnt meine Lehrzeit und da will ich nicht dastehen wie der Ochs vorm Berg." „Super, dann sehen wir uns am Montag in der Firma, herzlichen Glückwunsch", antwortete ich. Das war für ihn natürlich sehr überraschend und es folgte ein großer Lacher. Nachdem wir uns gegenseitig vorgestellt hatten, mussten wir auf diesen großen Zufall erst einmal anstoßen. Wir besorgten uns im Zugrestaurant zwei Bier und freuten uns auf eine gute, künftige Zusammenarbeit. Keiner von uns beiden konnte ahnen, dass aus dieser Begegnung eine Freundschaft fürs Leben werden sollte.

Martin hatte sich genauso wenig wie ich um eine Unterkunft bemüht. Er überließ auch am liebsten alles eher dem Zufall. Der Situation geschuldet, entschieden wir uns ganz spontan, gemeinsam eine Mini- WG zu gründen. Wir fanden in einer Zeitungsannonce eine Zwei-Zimmer-Wohnung am Rande der Reeperbahn. Sie sollte bis zum Ende der Lehrzeit unser Zuhause sein.

Jedes Jahr wurden bei Beatrix Knuse fünf bis sechs neue Lehrlinge eingestellt. Der Lehrberuf nannte sich Vibratorenbauer und wurde noch um den Titel "Anwendungstechnik in Kunststoffformgebung und Mikromaschinenbau" erweitert. Die Ausbildungszeit dauerte dreieinhalb Jahre. Wir waren fünf junge Männer, die alle so um die 16 bis 17 Jahre alt waren. Martin, Markus, Roberto, Rüdiger und ich. Mit unserer ungewöhnlichen Berufswahl hatten wir schon einen besonderen Status, der uns bereits knapp vor Ende des 1. Lehrjahres zu einer festen Einheit zusammengeschweißt hatte.

„Friedrich der Große" bekommt auf der Drehbank den letzten Feinschliff

Mein Kumpel Martin

Mein Mitbewohner Martin war schon eine besondere Marke, daher werde ich ihm diesen Abschnitt widmen. Wir hatten ziemlich viele gemeinsame Interessen, lachten oft, vor allem über Späße unterhalb der Gürtellinie. Nach Feierabend waren wir gerne gemeinsam in allen möglichen Lokalitäten unterwegs. Doch Martin hatte ein Problem! Obwohl der Kerl gar nicht mal so schlecht aussah und auch Humor hatte, brachte er es nicht auf die Reihe, mit einem Mädel anzubandeln. Ausgerechnet er, 1,85m groß und sportlich, blonde Locken, markantes Gesicht und gutem Geschmack für Klamotten. Soweit

ich es beurteilen konnte, waren nicht mal abstoßende Käse-
füße oder Mundgeruch ein Problem. Normalerweise sollte so
jemand bei den Frauen ein „leichtes Spiel" haben. Ich hatte
allerdings in meinem ganzen Leben noch niemanden kennen-
gelernt, der sich beim Ansprechen von Frauen so blöd an-
stellte. Ein kleines Beispiel gefällig? Es ist natürlich wenig ziel-
führend, wenn man beim ersten Date mit seinem Herzblatt
gleich im zweiten Satz stolz auf seine bestandene Zwischen-
prüfung als Vibratorenbauer hinweist und mit dem nächsten
Atemzug detaillierte, gutgemeinte Anwendungstipps mit auf
den Weg gibt. Das Leid des ewigen Singles musste ich, als sein
guter Freund und Vertrauter, über Monate mit ihm teilen. Irgendwann fasste ich mir ein Herz und bat ihn mich beim
nächsten Wochenendtrip in meine Heimat zu begleiten. Der
Termin passte, denn genau zu diesem Zeitpunkt fand der "Lei-
senwälder Heiratsmarkt" statt. Dieser ist bei uns in der Gegend
dafür bekannt, dass hier auch der größte Trottel sein Glück
findet. Man muss sich vorstellen, dass es so etwas Ähnliches
ist wie "Bauer sucht Frau", nur eben analog und ohne Fernse-
her. Ich war fest davon überzeugt, dass es die einzige Chance
in seinem Leben sein wird, eine Frau zu finden. Und die hatte
er genutzt!

Schon am frühen Sonntagvormittag hatten wir uns im großen Festzelt eingefunden. Nachdem wir uns mit Currywurst
und Bier gestärkt hatten, beobachteten wir das Treiben auf
der Eventbühne. Es gab Blasmusik, Trachten und Lederhosen,
so wie man es auch vom Oktoberfest kennt. Es sah ganz so
aus, als hätten die meisten Pärchen schon zueinander gefunden oder als würden sie sich schon länger kennen. Ich hatte
das Gefühl, dass die Chance für Martin, hier sein Glück fürs
Leben zu finden, von Minute zu Minute schwand. So blieb uns
beiden nur eines übrig, nämlich sich den Tag hier schön zu

saufen und abzuwarten, ob vielleicht doch noch ein Wunder geschieht.

„Guck mal, da vorne tut sich was", sagte Martin und gibt mir einen leichten Stoß an die Schulter. Martin schien die Hoffnung nicht verloren zu haben und schaute gespannt mit offenen Augen auf die Bühne. Da kommt doch wirklich noch ein Bauer mit seinen fünf Töchtern auf die Bühne und will seine Landeier scheinbar noch alle an den Mann bringen. Allein aufgrund der Optik der Töchter, wird es dem Bauern schwerfallen, erfolgreich zu sein, war mein erster Gedanke. In Hamburg waren wir einfach Besseres gewohnt. Die eine zu dick, die andere zu klein und die nächste zu hässlich mit fliehendem Kinn; eine weitere noch mit Fettfrisur und dicker Hornbrille. „Naja, wir sind halt auf dem Land", dachte ich mir. Die Mädels nahmen Aufstellung. In einer Reihe, schön geschmückt mit Dirndl und Blumenkranz im Haar, schauten alle ein wenig verschüchtert ins Publikum.

Ich sagte noch zu Martin: „Das ist hier tatsächlich noch wie vor hundert Jahren." und schon legte der alte Bauer los und fing an von den herausragenden Qualitäten der einzelnen Töchter zu erzählen.

Ich drehte mich lachend zu Martin um, doch der war schon längst nicht mehr da. Wie von einer Tarantel gestochen marschierte er vor zur Bühne, um sich die Sache von der Nähe anzuschauen.

Ich blieb weiterhin lieber hinten im Zelt und beobachtete alles aus sicherer Distanz, während es Martin bevorzugte, das Geschehen an vorderster Front, direkt vor der Bühne zu verfolgen.

Für den Bauern lief es gut. Eine nach der anderen wurde an die zukünftigen Bräutigame gereicht. Die Übergabe wurde anschließend mit einem Volkstänzchen auf der Bühne abgeschlossen. Eine schöne Show, dachte ich mir, so muss es früher überall auf den Dörfern gewesen sein. Die letzte Tochter, die mit der fettigen Frisur und der starken Hornbrille, schien übrig zu bleiben. „So kann wenigstens eine am Hof bleiben und später ihre Eltern pflegen. Dann ist doch für den alten Bauern die Zukunft gesichert", dachte ich und ging erst mal zur Theke, um zwei Bier zu bestellen. Gerade als ich den ersten Schluck nehmen wollte, tippte mir jemand von hinten auf die Schulter. Ich drehte mich um und sah nur noch eine riesige Hornbrille. Vor Schreck begann ich lauthals los zu husten. Jeder kennt das unangenehme Gefühl, wenn einem der letzte Schluck gleich wieder durch die Nase heraus geschossen kommt. Martin haute mir auf dem Rücken und fragte: „Alles wieder gut? Darf ich vorstellen, das ist die Hiltrud." An Martins freudigem Gesicht und den glänzenden Augen konnte ich erkennen, dass er es ernst meinte.

Zurück zu den Lehrjahren in Frunsbüttel

Über die Lehre an sich, die Kollegen und die Arbeitszeiten konnte sich keiner der Auszubildenden beschweren. Wir arbeiteten uns nicht kaputt und hatten viel Spaß in der Firma. Doch logischerweise traten schon nach kurzer Zeit die der Berufswahl geschuldeten Probleme auf, an die anfangs keiner gedacht hatte.

Wie schon erwähnt, war die Suche nach einer passenden Freundin ein nicht unerhebliches Problem. Man versuchte das Thema Beruf möglichst zu umgehen. Doch das war schwierig, denn es kam meistens schon beim ersten Date die Frage auf: „Was machst du eigentlich beruflich?" In diesem Moment konnte ich davon ausgehen, dass eine Beziehung von Anfang an zum Scheitern verurteilt oder bestenfalls von nicht allzu langer Dauer sein würde.

Ab und an ließ sich dann doch mal eine Frau auf eine Beziehung mit einem Vibratorenbauer ein. So kam folglich irgendwann die zweite kaum überwindbare Hürde ins Spiel, nämlich die Einladung und das Vorstellen im Elternhaus der Liebsten.

Spätestens jetzt schlug das gnadenlose Ausschlussverfahren zu, wenn der Vater meiner Liebsten am Abendbrottisch mich zur Seite nahm und fragte: „Sag mal, mein Jung, was machst du denn eigentlich so beruflich?" Verständlich, dass dann meine Karten nicht allzu gut waren, wenn´s beim Schwiegervater in spe im Kopf zu rattern begann. Die Vorstellung, dass so ein Flegel von der Gosse irgendwelche Gerätschaften aus der Firma mitbringt und an seiner Tochter austestet, war ein absolutes "No-Go", ein Ausschlusskriterium von allerhöchster Güte.

Um der Erfüllung meiner Bedürfnisse gerecht zu werden, musste ich den Kreis meiner Liebschaften auf einen kleineren Radius reduzieren. Mit derart reduzierten Möglichkeiten musste ich meine Orientierung zielgerichtet auf eine bestimmte Klientel ausrichten. Es gab nur zwei Varianten, um wenigstens ab und zu bei den Damen erfolgreich zu sein: entweder die Eltern sind schon beide gestorben, oder die Mutter arbeitete selbst noch im horizontalen Gewerbe." Folglich hatte ich die größten Chancen, wenn die Mutter ordentliche Lebenserfahrungen von der Reeperbahn mitbrachte. Dann gab es sogar ein gewisses Interesse an meiner Berufswahl, begleitet von dem Glauben an eine erfolgreiche berufliche Laufbahn. Schließlich sollte der Versorger der Tochter nicht mittellos sein.

Das Bereitstellen von noch nicht ganz serienreifen Produkten für die Lehrlinge war gang und gäbe und war sogar gewollt. Das Produkt reift beim Kunden war die Devise, das galt auch bei Beatrix Knuse.

Junge Kunden waren anspruchslos und verziehen auch mal einen Fehler. Sie sprühten meistens auch nur so vor Kreativität. Sie scheuten sich nicht, eine negative Kritik schamlos auf den Tisch zu bringen. Es kam auch ab und zu mal eine neue Idee auf, die mit in die Firma getragen wurde und zur Verbesserung des Produkts beitragen konnte.

Jeder Mitarbeiter konnte sich freitags vor Werksschluss aus einer großen Kiste, die rechts neben dem Ausgangstor auf einer Palette stand, ein Probeexemplar fürs Wochenende mit nach Hause nehmen. Das war natürlich immer wie Weihnachten und Ostern zusammen, weil man nie über den Inhalt Bescheid wusste und dann zu Hause erst mal voller Spannung das Mitbringsel begutachtete. So ganz umsonst gab es das Paket dann doch nicht. Es befand sich nämlich zusätzlich in der Schachtel noch ein zweiseitiger Fragebogen, der eine Vielzahl von Fragen in Bezug auf den Typ, Modell, Anwendung, Bedienungsfreundlichkeit, Optik, Lustempfinden, Spaß usw. beinhaltete. Dieser Fragebogen musste dann immer ausgefüllt und montags vor Arbeitsbeginn in einem verschlossenen Umschlag in den Briefkasten an der Tür zur Entwicklungsabteilung eingeworfen werden.

Wie anfangs schon erwähnt, fehlte mir die passende, aufgeschlossene und kreative Freundin, die das ganze Spiel mitmachte. Da ich hierfür die Hoffnung erst mal an den Nagel gehängt hatte, ließ ich meiner Kreativität beim Ausfüllen des Fragebogens freien Lauf. Das schien ich richtig gut zu machen, denn es gab keinerlei Rückfragen. So hatte ich mir ein kleines Nebengeschäft geschaffen. Ich verscheuerte ganz einfach die erworbenen Probeexemplare an irgendwelche Prostituierten und bekam dafür manchmal eine 10er Karte für die Peepshow oder etwas Ähnliches. Manchmal auch ein paar Mark, mit denen ich mir die Schoppen fürs Wochenende finanzierte.

Quasimodo der Retter

„Langsam scheinen den kreativen Modellbauern in der Entwicklungsabteilung die Ideen auszugehen", dachte ich mir. Die Probeexemplare in der großen Kiste wurden immer weniger, bis irgendwann gar nichts mehr zum Mitnehmen dastand. Daraus ergab sich unmittelbar, dass mein kleines Nebengeschäft nicht mehr lief. Das bedeutete auch, dass ich am Wochenende wieder billigeres Bier zum Vorglühen im Supermarkt kaufen musste. Zusätzlich gingen die Verkaufszahlen um 50 % zurück. Hinzu kam, dass Billiganbieter aus dem Ausland auf den Markt drängten. Diese bauten einfach unsere Vibratoren bis ins kleinste Detail nach und boten sie dann auf dem deutschen Markt zum halben Preis an. Vor allem die Chinesen, die früher eigentlich nur Werkzeuge und Autos in minderwertiger Qualität nachbauten, drängten jetzt ebenfalls auf den Erotikmarkt.

Bei der Beatrix Knuse AG kehrte langsam eine gewisse Unruhe ein. Die Stimmung war schlecht und zunehmend machten sich Sorgen um den eigenen Arbeitsplatz breit.

Und das Alles bereits im ersten Lehrjahr. Wir hatten keine Lust, unsere doch eigentlich ganz attraktive Lehrstelle zu verlieren.

So schmiedeten wir abends in der Stammkneipe einen Plan. Es wäre doch gelacht, wenn wir fünf nicht eine Lösung finden würden, um unsere Firma wieder auf die Erfolgsschiene zu bringen. Nach dem fünften Bier war uns klar: wir waren auserkoren worden, die Beatrix Knuse AG zu retten.

Wie in vielen anderen Firmen war es üblich, freitags nach Feierabend mit den Kollegen in der Lehrwerkstatt ein Bier aufs Wochenende zu trinken. Wir konnten uns wirklich nicht beschweren, denn wir hatten einen sehr toleranten Lehrmeister und nette Gesellen, mit denen man gerne noch das ein oder andere Stündchen zusammensaß. Dabei kam es schon mal vor, dass es nicht nur bei einem Bier blieb, sondern je nach Stimmungslage manchmal auch ausartete. Doch die schlechte Zeit drückte die Laune und das „Feierabendbierchen" wurde immer seltener. Übrig blieben eigentlich nur noch die Kollegen, auf die freitags zuhause ohnehin niemand mehr wartete.

Nachdem auch der letzte Kollege, der einsame Egon, sein Bier ausgetrunken hatte und die Werkstatt verließ, wünschte er uns noch ein schönes Wochenende und sagte: „Wenn ihr geht, macht das Licht aus und schiebt das Rolltor zu." Das war unser Startschuss – jetzt konnten wir loslegen!

In der Werkstatt hatten wir vollen Zugriff auf alle möglichen Ersatzteile, Kunststoffextruder, Formpressen, Technik, kleine Motoren und vieles mehr. Und was auch nicht fehlen durfte: genug Schnaps und Bier, um die Kreativität auf das Maximum zu steigern.

„So, jetzt erstmal jeder ein Bier und zwei Schnaps, dann können wir loslegen", warf ich in die Runde. Das war der Auftakt für einen sehr produktiven Abend, den keiner von uns vergessen wird.

Jeder von uns hatte seinen Spezialauftrag, abgestimmt auf das Faible, das Talent und die Neigungen des Einzelnen. Markus hatte sich auf die Technik spezialisiert. Er kannte sich bestens mit Motoren, Hebeln und Getrieben aus. Unser Hobbyelektroniker Martin war unser Programmierer und

Vibrationsspezialist. Er wusste genau, wie er die Technik von Markus zum Vibrieren und Rotieren bringen konnte. Roberto, der Bastler, war unser Kunststofffreak. Es war der Wahnsinn, welche Figuren er nachbaute. Er hätte auch sehr gut als Modellbauer für „Star Wars" oder „Jurassic Park" arbeiten können.

Unser großer Künstler Rüdiger hatte Geschmack und wusste genau, wie etwas aussehen musste, um beim Kunden anzukommen. Gemeinsam mit Roberto im Team konnten die beiden unglaublich tolle Modelle zusammenbauen. Und ich? Ich konnte von allem ein bisschen, aber was ich wirklich gut konnte, war den Laden zusammenzuhalten, für gute Stimmung zu sorgen und das Ganze zu koordinieren. Ich fühlte mich wie ein kleiner Manager, der Chef des ganzen Projekts – zumindest bildete ich mir das ein.

Wir waren eigentlich viel zu gut für den Laden. Hätten wir ein bisschen besser in der Schule aufgepasst, hätten wir es zu etwas Großem bringen können. Einen tollen Job in einer großen Firma, wir hätten Millionen verdient – da waren wir uns sicher!

Nach etlichen Bierchen und Schnäpsen waren die Vorbereitungen getroffen. Unser Projekt lief auf Hochtouren. Roberto hatte mit dem Extruder bereits genug knetbaren Kunststoff aus Polyamid produziert, um eine Grundform festzulegen. Markus hatte in seiner Trickkiste gekramt und zwei starke Motoren durch ein kleines Getriebe miteinander verbunden. So erreichte er, dass auch bei niedrigen Drehzahlen das Drehmoment absolut konstant blieb. Davon profitierte besonders Martin, dessen Konstruktion – ein über eine Kardanwelle angetriebenes Vibrationsmodul – somit auch unter Volllast immer stabil blieb.

Roberto und Rüdiger kümmerten sich währenddessen um Form und Gestaltung. Sie kneteten und drückten den Kunststoff in alle möglichen Formen und lachten dabei ununterbrochen. Zur Beruhigung musste ich die beiden alle zehn Minuten mit Bier und Schnaps versorgen. Mein ständiges Motivieren und Hinweisen auf die Wichtigkeit unseres Projekts – dem Bau des Supervibrators – verlor jedoch langsam die Wirkung. Die Rettung der Firma, die an diesem Tag ganz oben auf der Agenda stand, schien aufgrund des steigenden Alkoholspiegels aus dem Bewusstsein verschwunden zu sein.

Markus hatte riesige Probleme, die fertige Mechanik mit der Stromversorgung zu verlöten. Martin hielt ihm beruhigend die Hand, während er in der anderen eine Bierflasche schwenkte und mir zuprostete. Rüdiger schrie auf: „Erst mal schöpferische Pause! Jeder einen Umtrunk – Prost! Wir sind jetzt mit dem Gehäuse fertig. Mal gespannt, was da rauskommt!" Schon drückten Roberto und Rüdiger wild an der Gussform herum, bis sie schließlich den Korpus aus der Form lösten. Alle kamen an Rüdigers Werktisch zusammen, um die Arbeit zu begutachten. Wir waren gespannt wie ein Vater bei der Geburt seines ersten Kindes. Doch was da auf dem Tisch lag, war das hässlichste Ding, das wir je gesehen hatten. Krumm, bucklig und übersät mit Krampfadern bis zum Hals. Der Kopf sah aus, als hätte er eine schlimme Hautkrankheit. Roberto entschuldigte sich damit, dass er den Extruder im Suff wahrscheinlich zu heiß eingestellt habe, wodurch Blasen entstanden seien, die jetzt wie Warzen aussahen. In jedem Horrorfilm wäre dieses Stück das Paradestück gewesen, das am Ende an allem schuld gewesen wäre. Ein Name war schnell gefunden. Spätestens als Rüdiger sagte: „Irgendwie erinnert mich das Ding an Quasimodo, den Glöckner von Notre Dame", waren wir uns alle einig. Ja, so sollte er heißen der Name passte wie die Faust aufs Auge. „Quasimodo der Erste!", rief ich und machte einen Taufspruch, woraufhin wir alle darauf anstießen.

Nein, das war keine große Leistung. Der Abend war gründlich in die Hose gegangen und wieder einmal war der Alkohol schuld daran. Aber egal, nach einer weiteren Runde Bier und Schnaps wollten wir das Projekt dennoch abschließen und das Gehäuse mit der Mechanik „verheiraten". So nennt man das auch im Automobilbau, wenn die Karosserie mit Fahrwerk und Antrieb verbunden wird. Die Hochzeit ging recht flott über die Bühne, an der Mechanik gab es nichts auszusetzen. Ach, wenn nur alles so gut geklappt hätte!

„So, jetzt der Test", rief ich voller Euphorie. „Markus, hol die Batterien und wir sehen mal, wie das Ding arbeitet!" Nachdem die vier 9-Volt-Hochleistungsbatterien eingelegt und der Verschlussdeckel zugeschraubt war, musste nur noch der Einschaltknopf gedrückt werden.

Roberto übernahm das. Ihm vertrauten wir in dieser Angelegenheit voll und ganz. Es machte kurz „klack" und „Quasimodo der Erste" setzte sich in Bewegung. Jetzt machte sich die Kraft der beiden Motoren bemerkbar, die ihre volle Leistung auf das Vibrationsmodul abgaben. „Das ist ja der Wahnsinn", schrie Roberto durch die Werkhalle, „das Ding vibriert ja stärker als ein Betonverdichter!" Er hatte Mühe, das Teil mit beiden Händen festzuhalten. Quasimodo lief zur Höchstleistung auf und schlug sprichwörtlich um sich „wie die Sau". Roberto suchte verzweifelt nach dem Ausschalter. Schweißperlen bildeten sich auf seiner Stirn, während er wie ein Torero in der Arena mit dem wilden Apparat umherwirbelte. Wir konnten uns vor Lachen kaum noch halten und feuerten ihn ekstatisch an, bis plötzlich Stille eintrat. Quasimodo war auf seinen Ausschalter gefallen, lag nun harmlos da und qualmte lediglich ein wenig vor Überhitzung.

Quasimodo fordert auf zum Tanz

„Hey Jungs, wir sollten uns jetzt lieber mal um Roberto küm-mern!", stammelte Rüdiger. Er lehnte völlig fertig an der Werk-bank und sah aus, als hätte er drei Marathonläufe am Stück hinter sich. „Alles gut Roberto? Du siehst aus als könntest du jetzt erstmal einen Schnaps und ein Bier vertragen", klopften wir ihm lachend auf die Schulter und stießen nochmals mit dem restlichen Bier an.

Das war ein genialer, aber zugleich chaotischer Abend, da waren wir uns alle einig.

„So, der Letzte macht das Licht aus und schiebt das Rolltor zu. Es ist schon früh am Morgen, wir sehen uns am Montag wieder", verabschiedeten ich mich ins Wochenende.

Am Montag trafen wir uns dann mal lieber eine halbe Stunde vor Arbeitsbeginn, um in der Werkstatt das ganze Chaos zu beseitigen. Alle waren damit einverstanden, dass Quasimodo einen Ehrenplatz rechts vorne auf meinem Arbeitstisch bekam. Er sollte ein Warnzeichen für all diejenigen sein, die die gleiche Schnapsidee haben sollten.

Hoher Besuch vor Weihnachten

Es war die letzte Woche vor Weihnachten des Jahres 1982. Das Weihnachtsgeschäft ging langsam zu Ende und es kehrte Ruhe im Betrieb ein. Kurz vor der Winterpause wurden nur noch Restarbeiten abgewickelt, die Werkstatt gereinigt und alles auf Vordermann gebracht.

„Jungs, bringt die Werkstatt in Ordnung. Ihr wisst ja, wir erwarten hohen Besuch!" brüllte der Werkstattmeister in die Halle. „Und schmeiß endlich das hässliche Dingsda in die Tonne, Beatrix kriegt ja einen Schock fürs Leben", nahm er mich, laut lachend, nochmal persönlich ins Gericht. „Ich werde doch nicht unseren schönen Quasimodo vernichten", dachte ich mir, „der bleibt mal schön da wo er ist."

Quasimodo erwartet hohen Besuch

Beatrix kam ohne Voranmeldung. Auf einmal stand sie mitten in der Werkstatt, in Begleitung des Aufsichtsratsvorsitzsenden, der Betriebsrätin und des kaufmännischen Direktors. Sie machte jedes Jahr, kurz vor Beginn der Winterpause, noch einmal ihren Rundgang durch alle Abteilungen. Dabei hatte sie es sich niemals nehmen lassen, jedem Mitarbeiter die Hand zu schütteln und ihren Dank für das vergangene Jahr auszusprechen. Sie wünschte allen, egal ob es sich um den Abteilungsleiter, den Lehrling oder die Reinigungskraft handelte, ein schönes Weihnachtsfest und einen guten Rutsch ins Neue Jahr. Jeder Einzelne war ihr wichtig und hatte seine feste Aufgabe in der Firma. Als Chefin, gab sie jedem das Gefühl, dass er ein Teil des großen Teams ist.

Plötzlich stand sie mit ihrer Delegation vor meinem Werktisch und streckte mir ihre rechte Hand entgegen. Mit der linken griff sie in ihre Umhängetasche, holte einen kleinen Schokoladenweihnachtsmann heraus und überreichte ihn mir. Traditionell hatte Beatrix jedes Jahr für alle ein kleines Dankeschön dabei.

Ich dachte mir in diesem Moment nur: „Hoffentlich sieht sie den Quasimodo nicht!". Jetzt bereute ich, dass ich ihn nicht rechtzeitig habe verschwinden lassen. Er kauerte immer noch unübersehbar, rechts oben auf meinem Werktisch.

Doch dieser Gedanke kam mir leider zu spät, denn schon nahm sie unser bestes Stück in Augenschein und stupste das Häufchen Elend mit ihren rot lackierten Fingernägeln an. Ich konnte nur noch stammeln: „Das ist Quasimodo, leider misslungen." „Und was kann der kleine Quasimodo?", fragte sie mit regem Interesse. „Der kann alles, was auch die anderen können, nur noch ein bisschen besser", antwortete ich selbstbewusst. Jetzt schien ich ihre Neugierde ganz geweckt zu haben „Ja, dann zeig doch mal her was er kann!", forderte sie mich auf. „Oh nein!", dachte ich, sprach eine kurze Warnung aus: „Achtung, auf eigene Verantwortung!" und betätigte den Einschalter. Quasimodo legte wieder los, als gäbe es kein Halten mehr. Mit beiden Händen hielt ich ihn ganz fest und hatte dabei immer meinen Daumen am Ausschalter. Wild fuchtelnd versuchte ich den Apparat im Zaum zu halten, was mir jedoch zusehends schwer viel. „Das reicht jetzt", dachte ich mir und irgendwie bekam ich es hin, das Gerät noch auszuschalten, bevor es eskalierte.

„Bravo, …. bravo, das ist ja der Wahnsinn!", rief sie voller Begeisterung. Sah ich da ernsthaftes Interesse in ihren Augen? „Das ist ja hochinteressant, komm morgen früh gleich um acht zu mir ins Büro." Genauso schnell wie Sie aufgetaucht war, so schnell verließ sie uns auch wieder. Noch ganz benebelt von diesem Auftritt, fragte ich: „Was war denn das? Sie kann doch nicht Gefallen an diesem Monstervibrator gefunden haben." Am Ende standen wir alle in der Werkstatt zusammen und lachten uns kaputt über diese äußerst surreale Situation.

Am nächsten Morgen, pünktlich um acht, stand ich mit weichen Knien im Sekretariat der Geschäftsführung. „Sie können durchgehen, Frau Knuse erwartet Sie schon", sagte ihre Sekretärin in beruhigendem Ton zu mir. Ich konnte meine Nervosität vor ihr nicht verbergen. Trotz ihrer Begeisterung über den Quasimodo, war ich mir nicht sicher, ob ich jetzt nicht doch einen ordentlichen Anpfiff kassieren könnte. Bestimmt würde sie denken, wir nähmen den Job nicht ernst und würden mit unserem Verhalten den Ruf der Firma schädigen. Aber es kam ganz anders.

Beatrix saß locker nach hinten gelehnt in ihrem riesigen, mit rosa Leder bezogenen Chefsessel. Der prunkvolle, altdeutsche und sehr aufgeräumte Schreibtisch aus Eichenholz muss ein Erbstück aus besseren Zeiten gewesen sein. Damals erwirtschaftete die Generation vor ihr ihren Wohlstand durch die Produktion von Vergasern für Flugmotoren. Kurz vor dem Zweiten Weltkrieg begann Beatrix Knuses Vater, sich mit der fortschreitenden Kriegsmaschinerie eine goldene Nase zu verdienen. Davon zeugten auch die Bilder von Kampfflugzeugen aller Art, die ringsum an den Wänden verteilt waren. Mitten drin befand sich eine eingerahmte Kopie ihres Flugscheins aus dem Jahre 1949, den Beatrix als erste Frau in Deutschland, kurz nach Kriegsende bestanden hatte. Daneben hingen viele kleine Bilder aus fremden Ländern, Stationen ihrer Geschäftsreisen, die sie mit ihrem kleinen Düsenjet besucht hatte.

„Mein lieber Herr Gesangsverein", dachte ich, „die Frau hat ja wirklich etwas auf dem Kasten." Nach einer kurzen

Begrüßung durfte ich ihr gegenüber am Bürotisch Platz nehmen. Sie schaute mich prüfend mit ihren blitzend blauen Augen an. Um meine Unsicherheit zu verbergen, konzentrierte ich mich auf zwei Vitrinen, die rechts und links neben dem Schreibtisch standen. Das war allerdings ein Fehler, denn in den Vitrinen standen Vibratoren aller Baureihen und Generationen, die seit der Gründung der Firma produziert wurden. Darunter waren natürlich auch „Friedrich der Erste, sowie „Friedrich der Zweite" und „Friedrich der Dritte". Ich fand das alles so skurril, dass ich nicht innehalten konnte und plötzlich laut loslachen musste. Beatrix sichtlich überrascht: „Na dir scheint es ja bei mir zu gefallen, oder warum freust du dich so?" Ich stotterte „Nein…, ja klar" und versuchte abzulenken: „Eine schöne Uhr haben Sie da."

„Das ist keine Uhr, es handelt sich um ein Amulett. Willst du es mal sehen?" fragte sie mich.

Ich war neugierig auf das, was Beatrix ständig zwischen ihrem Daumen und Zeigefinger rieb. Sie reichte es mir und ich nahm dieses etwa 5-DM-Stück große Amulette, welches an einer Silberkette hing, in die Hand. „Fühlt sich gut an!", sagte ich, bevor ich es mir genauer anschaute. „Das freut mich. Das Amulett steht für langer-Zeiger-kurzer-Zeiger-schneller-Zeiger. Es ist das Symbol für meine Philosophie mit der ich meine Firma aufgebaut habe und mit der ich bisher immer erfolgreich war," fuhr sie fort, um mir dessen Bedeutung zu erklären. „Es ist sozusagen mein Glücksbringer, der mir immer half, wenn ich ihn bei mir hatte. Das Amulette begleitet mich auf Schritt und Tritt. Deshalb hängt es auch immer beim Autofahren am Rückspiegel. Ich bin sogar so verrückt und abergläubisch, dass ich mir sogar in meinen Düsenjet extra einen Rückspiegel montieren ließ, um das Amulette daran aufzuhängen. Das Amulette hat mich immer beschützt. Ich hatte noch nie einen

Unfall oder einen Absturz mit meinem Flugzeug", teilte sie mir voller Überzeugung mit. Dann begann sie zu lachen. Ich dachte nur: „Die Frau wird mir langsam sympathisch. Die hat ja auch noch richtig Humor."

Jetzt warf ich einen genaueren Blick auf das Amulette. Ein bisschen irritiert nahm ich darauf drei Penisse in unterschiedlicher Größe wahr. Sie waren so angeordnet, wie die Zeiger auf einer Uhr. „Aha, langer-Zeiger-kurzer-Zeiger-schneller-Zeiger, und was hat das zu bedeuten?" fragte ich. „Wie gesagt, das ist meine Geschäftsphilosophie. Die unterschiedlichen Zeiger stehen für die unterschiedlichen Typen von Menschen und ihre Bedürfnisse, Gewohnheiten und Verlangen, die sie je nach Stimmungslage, Neigung und körperlichen Konstitution haben. Das lässt sich in unserer Branche auf die Machart eines Vibrators übertragen. Diese drei Zeiger sind die drei Säulen des Vibratorenbaus. Wer es versteht, diese Komponenten richtig anzuwenden und zu variieren, wird auf dem Markt erfolgreich sein. Er wird sozusagen die Kunden in all ihrer Vielseitigkeit befriedigen und mit Glück beseelen", bemühte sie sich, mir alles zu erklären.

„Ich will dir nochmal meine Philosophie meiner langer-Zeiger-kurzer-Zeiger-schneller-Zeiger-Theorie verdeutlichen, führte sie weiter aus.

„Da gibt es den langen Zeiger. Dieser dreht unermüdlich seine Runden und ist erst zufrieden, wenn er die Stunde eingeläutet hat. Er ist multikompatibel wie ein Schweizer Taschenmesser und für alle Stimmungslagen geeignet.

Der kurze dicke Zeiger schreitet langsam, aber unaufhaltsam voran. Er lässt sich durch nichts aufhalten. Mit seiner Power macht er die Vorgabe und zeigt allen, was die Stunde geschlagen hat. Dieser steht für den langen Abend ohne Sperrstunde.

Der dünne schnelle Zeiger eilt mit schnellen Schritten voran, wie ein Sprinter. Er macht sprichwörtlich die meisten Kilometer. Ohne seine Vorarbeit hätten die anderen keinen Erfolg. Wenn´s schnell gehen soll, hat er keine Konkurrenz.

Wenn du das alles verinnerlicht hast, bist du angekommen und wirst mal ein großer Vibratorenbauer sein", beendete sie ihre Ausführungen. „Aha", nickte ich ihr zu und versuchte, sie zu verstehen.

„So, und nun zum Geschäftlichen. Wie du ja weißt, steht es um die Firma Beatrix Knuse, milde gesagt, gar nicht gut. Mittlerweile produziert die ausländische Konkurrenz die Vibratoren in Billiglohnländern. Diese lieblos hergestellte Massenware drängt auf den Erotikmarkt und wird zum halben Preis verkauft. Da können wir nicht mehr mithalten." „Ja, mir ist da auch schon so etwas zu Ohren gekommen.", antwortete ich ihr. „Die einzige Möglichkeit, in der Zukunft mitzuhalten, sehe ich darin, dass wir uns von den Massenprodukten absetzen und mit innovativen Ideen hochwertige Qualitätsprodukte auf dem Markt platzieren", resümierte Beatrix. „Ja, und was kann ich dazu beitragen?", meldete ich mich kleinlaut zu Wort.

„Das hat mir gefallen gestern, du und dein Quasimodo. Genau solche Ideen brauchen wir jetzt."

Beatrix schaut mir tief in die Augen und flüstert mit durchdringender Stimme: „Mein Bauchgefühl sagt mir, dass du der richtige Mann zur rechten Zeit bist. Ein cleveres Kerlchen mit kreativen Ideen zudem. Genau solche Typen brauchen wir jetzt, um vielleicht noch etwas zu retten. Wir probieren das jetzt einfach mal aus. Dein Quasimodo kommt in die Produktion und erscheint dann im nächsten Katalog als Neuerscheinung. Auf der Erotikmesse, in Hamburg werden wir schon mal ein paar Exemplare ausstellen. Ich bin gespannt, wie das Ding einschlägt."

„Mein lieber Herr Gesangsverein", dachte ich, „Mutig ist sie ja, die alte Dame!" Ich konnte das alles gar nicht so richtig realisieren und musste die Menge an Informationen zunächst einmal verdauen. Ich war froh, als ich ihr Büro wieder verlassen durfte und holte beim Rausgehen völlig erschöpft tief Luft.

Der Termin mit Beatrix ging mir doch sehr nahe und ich brauchte einige Zeit, um die neuen Eindrücke zu verarbeiten. Ich musste auch ständig an dieses langer-Zeiger-kurzer-Zeiger-schneller-Zeiger denken und überlegte, was ich daraus machen könnte.

Der Gang an die Börse

Quasimodo schlug auf der Erotikmesse in Hamburg ein wie eine Bombe! So etwas hatte es bis dahin noch nicht gegeben. Ein Novum, das die ganze Messe aufmischte. Menschen aller Couleur drängten sich an den Stand und wollten den neuen Stern am Vibratorenhimmel in Aktion sehen. Tausende Vorbestellungen gingen ein. Beatrix hatte wieder einmal den richtigen Riecher bewiesen. Und wir, mit unserem Team, das eigentlich nur einen lustigen Freitagabend haben wollte, waren mittendrin im Geschehen. Wir waren stolz wie Oskar auf unser Werk. Wir fühlten uns wie Superstars. Schon Tage zuvor hatten wir richtig gut gefeiert und schwebten mit ordentlich Standgas durch die bunten Gänge der Messehalle. Wie im Rausch bekamen wir Gratulationen von Zuhältern, Prostituierten, Fans, einfach von allen, die sich hierher verirrt hatten. Es hörte nicht auf. Wir fühlten uns wie im siebten Himmel. Wir konnten die Welt umarmen.

Am folgenden Tag wurden wir auch in der Firma gefeiert. Jeder gab uns die Hand und drückte uns. Es war einfach eine tolle Zeit. „Hey, ihr habt die Firma gerettet. Ihr habt uns gerettet!", begrüßte uns der Pförtner am Werkstor. Tatsächlich, der Umsatz bei Beatrix Knuse schoss in die Höhe. Die Kunden fanden wieder Gefallen an der Marke „Beatrix Knuse" und zeigten auch wieder Interesse an anderen Artikeln aus dem Sortiment. Für das kommende Jahr hatte die Firma genug Aufträge akquiriert und am Jahresende waren die Bilanzen so gut wie nie zuvor.

Und das alles nur wegen unseres krummen, hässlichen Quasimodos, auf den wir nie auch nur einen Pfennig gesetzt hätten!

„So, jetzt geht's an die Börse und dann wird richtig Kohle gemacht!" Beatrix stand vorne am Mikrofon und alle applaudierten euphorisch. Die Betriebsversammlung fand wie immer kurz vor Jahresende in der großen, diesmal brechend vollen Werkhalle statt. Noch nie waren wirklich alle da gewesen. Die gesamte Belegschaft, selbst die Außendienstler oder diejenigen, die sonst nie großes Interesse an firmeninternen Veranstaltungen gezeigt hatten, waren gekommen. Alle wollten dazugehören und am Erfolg teilhaben. Goldgräberstimmung kam auf, als Beatrix die neue Richtung für das nächste Kapitel in der Firmengeschichte vorgab.

In der darauffolgenden Zeit befasste ich mich intensiv mit der Ideologie und der Erfolgsstrategie von Beatrix Knuse. Dabei ging mir immer wieder ihr langer-Zeiger-kurzer-Zeiger-schneller-Zeiger durch den Kopf. Ich wollte unbedingt etwas damit anfangen und suchte nach Charakteren, die ich damit in Verbindung bringen konnte. Bei einem Wochenendbesuch in meinem Elternhaus konnte ich nachts nicht schlafen und ging vor lauter Langeweile auf den Dachboden, um ein wenig in meinen alten Sachen herumzustöbern. Längst vergessene Gegenstände aus der Kindheit kamen zum Vorschein und weckten Erinnerungen an diese unbeschwerte Zeit. Dabei fiel mir auch die Kiste mit den alten Marvel-Comics in die Hände. Was hatte ich diese Heftchen damals verschlungen! Nach dem Lesen hatte ich sie akribisch nach Nummern sortiert und in Folie eingeschweißt. „Die nehme ich mal mit nach unten", dachte ich. Nachdem ich den Staub vom Karton gewischt hatte, öffnete ich die Kiste und verteilte die Schätze auf dem Fußboden meines ehemaligen Kinderzimmers. Plötzlich stieg mein Puls und mir kam eine Erleuchtung: Das ist es doch, genau das ist es!

Da war Superman: Langer Zeiger – Dieser dreht unermüdlich seine Runden und ist erst zufrieden, wenn er die Stunde eingeläutet hat. Er ist multikompatibel wie ein „Schweizer Taschenmesser" und für alle Stimmungslagen geeignet.

Dann gab es Hulk: Kurzer Zeiger – Der kurze dicke Zeiger schreitet langsam, aber unaufhaltsam voran. Er lässt sich durch nichts aufhalten. Mit seiner Power macht er die Vorgabe und zeigt allen, was die Stunde geschlagen hat. Dieser steht für den langen Abend ohne Sperrstunde.

Und dann kam noch Flash Gordon ins Spiel: Schneller Zeiger – Der dünne schnelle Zeiger eilt mit schnellen Schritten vor, wie ein Sprinter. Er macht sprichwörtlich die meisten Kilometer. Ohne seine Vorarbeit hätten die anderen keinen Erfolg. Wenn´s schnell gehen soll, hat er keine Konkurrenz.

All diese Superhelden verkörpern genau die Eigenschaften, die Beatrix in ihrer Philosophie so oft beschwor. Genau diese Eigenschaften sollten jetzt in die Vibratoren eingebaut werden.

Eine Kollektion batteriebetriebener Superhelden, das sollte der nächste große Schritt in einer neuen Ära der Beatrix Knuse AG sein. Der Erfolg der letzten Monate sollte zur Freude der Aktionäre fortbestehen und der Aktienkurs würde weiter in die Höhe getrieben werden.

Noch in derselben Nacht begann ich, Zeichnungen zu erstellen. Bis in die frühen Morgenstunden bereitete ich eine Mappe vor, die ich Beatrix gleich am nächsten Morgen auf den Tisch legen wollte.

Die Vorzimmerdame bat um Geduld. Beatrix habe noch einen Termin und ich sollte mich in einer halben Stunde erneut melden. „Okay", dachte ich und ging in die Kantine, um mir einen Kaffee aus der Maschine zu holen. Die Situation machte mich ganz nervös. Ich brannte ungeduldig darauf, Beatrix meine neueste Idee zu präsentieren. Die Mappe hielt ich die ganze Zeit wie einen Goldschatz fest in der Hand, als würde mir jemand die geheimen Dokumente entreißen wollen.

Nach 25 Minuten bewegte ich mich wieder langsam in Richtung Chefetage. Die Vorzimmerdame winkte mich durch und ich begrüßte Beatrix mit einem lauten „Guten Morgen, Frau Knuse." Sie begrüßte mich freundlich und fragte: „Na, mein Jung, was kann ich für dich tun?" „Ich habe da mal wieder etwas Neues", sagte ich stolz mit breiter Brust und legte ihr die Mappe auf den Tisch. Sie öffnete sie und blätterte interessiert und aufmerksam durch die bunten Bilder. „Was soll das sein? Was ist das für ein Blödsinn?", fragte sie mich irritiert. „Das ist genau das, was ihrer Philosophie entspricht. Diese Superhelden-Vibratoren spiegeln die Idee wider, die sie seit der Gründung Ihres Unternehmens propagieren. Die Kollektion ist noch um viele andere Superhelden erweiterbar. Das werden Sammlerstücke, die im Wert steigen. Jede Ehefrau wird gespannt sein, welche Neuheit der Gatte unter den

Weihnachtsbaum legt. Ein Geschäftsmodell, das uns mindestens die nächsten zehn Jahre über Wasser halten wird!", erklärte ich und hoffte, sie damit überzeugen zu können.

Beatrix grübelte kurz, schüttelte dann den Kopf und antwortete: „Nein, das geht nicht. Das ist zwar eine lustige Idee, aber dann bekommen wir den Ruf, ein billiger Spielzeugfabrikant zu sein. Hast du dir schon mal Gedanken über Patentrechte oder Copyright-Richtlinien gemacht? Die amerikanischen Anwälte von Marvel Comics warten nur darauf, so einen dicken Fisch an die Angel zu bekommen. Die reißen uns den Arsch auf! Wir wären nicht das erste europäische Unternehmen, das von denen den Strick um den Hals gelegt bekommt."

Ein wenig geknickt stand ich auf, stammelte leise „Okay" und ging in Richtung Ausgang. „Warte mal", rief sie mich zurück, „nicht traurig sein. Ich hätte da vielleicht doch noch etwas für dich und dein Team. Was hältst du davon, wenn ihr nächste Woche mal in die Entwicklungsabteilung reinschnuppert? Dort werdet ihr mit den neuesten Technologien und Materialien vertraut gemacht. Vielleicht fällt euch dann etwas Besseres ein als diese Superhelden-Spielzeugkollektion. Ich kläre das mit Professor Dr. Müller, dem Leiter der Abteilung, ab." Sie lächelte und sagte noch „Tschüss", als ich ihr Büro verließ.

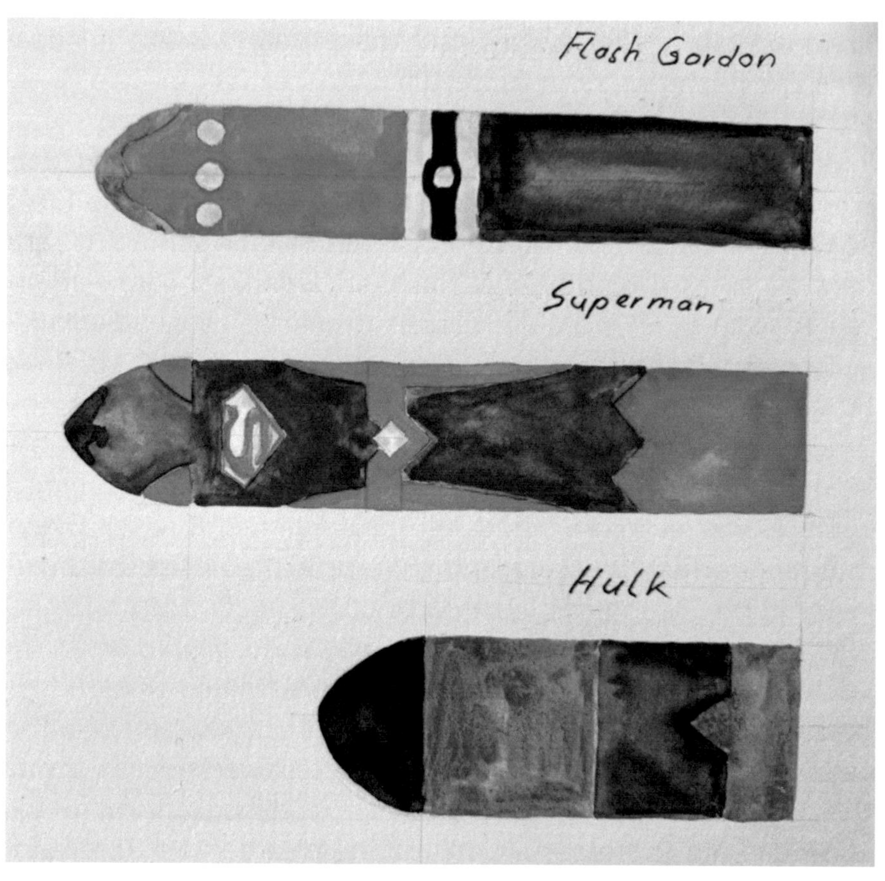

Die Skizze der Superheldenkollektion verschwand vorerst in der Schublade

„Nur nicht gleich resignieren", dachte ich auf dem Weg zu meinem Werktisch. Irgendwie fand ich ihren Vorschlag gar nicht so schlecht. Schließlich könnten wir in dieser „Hightech-Abteilung" bestimmt etwas lernen und dabei auch noch eine Menge Spaß haben.

Ich musste meine Jungs nicht lange überzeugen, denn für ein bisschen Abwechslung vom Arbeitsalltag waren alle gerne zu haben. Jeden Tag das Gleiche, am Werktisch mit Feile und Lötkolben, kann auf Dauer ziemlich öde sein. Markus war begeistert und meinte euphorisch: „Geil, dann entwickeln wir den Quasimodo 2." Alle lachten und wir klatschten uns ab. „Macht euch schon mal Gedanken. Den ersten Termin haben wir am nächsten Montag", gab ich den Jungs als Hausaufgabe mit auf den Weg.

Trixis Leid

Es war Montagmorgen, 7:30 Uhr und wir standen versammelt vor der verschlossenen Tür der Entwicklungsabteilung. Der Zugang war nicht für jedermann. Nur berechtigte Angestellte hatten Zutritt zum Labor. Der Zugang durch die Sicherheitsschleuse war nur möglich, wenn man zuvor einen streng geheimen Zugangscode erhalten hatte und diesen in ein kleines Kästchen neben der Schleuse eingab. Der Abteilungsleiter, Professor Müller, kurz "der Professor" genannt, trat vor uns und drückte jedem von uns einen verschlossenen Umschlag in die Hand. „Aufmachen, lesen, merken, zerreißen und dann in den Schredder", war die erste Anweisung, die uns der Professor mitteilte. Überrascht war ich über den Einfallsreichtum des Codes: „696969." Später fanden wir heraus, dass meine Kollegen und ich alle denselben Code hatten.

Nach der erfolgreichen Eingabe des Codes führte uns Professor Dr. Müller durch seine Abteilung und zeigte uns die wichtigsten Maschinen, Messinstrumente, Tauchbecken, Kocher, Öfen usw., die für die Entwicklung und Prüfung der

Prototypen notwendig waren. Er stellte uns die Mitarbeiter im Zeichenbüro vor und am Ende auch die netten Damen aus der Qualitätssicherung.

Dann gab er jedem noch einmal die Hand und sagte: „Ihr müsst erstmal ohne mich klarkommen. Ich habe diese Woche noch einen wichtigen Termin beim Kunststoffhersteller. Ihr könnt ja schon mal irgendwas basteln. Seid einfach kreativ und wenn ich nächste Woche wiederkomme, schauen wir mal, was ihr fabriziert habt. Wenn's gut gelaufen ist, geht euer Prototyp die ganze Prüfstrecke bis zur Qualitätssicherung durch. Ich bin gespannt. Nutzt eure Chance!" Dann verließ er uns mit einem Augenzwinkern.

Abends in unserer Stammkneipe legte jeder seine Entwürfe auf den Tisch. Alle Skizzen machten die Runde, wurden geprüft und begutachtet, für gut befunden oder zerknüllt und zerrissen. Am Ende lag nur noch die Skizze von Rüdiger auf dem Tisch. Er hatte eine fernbedienbare Version entwickelt, die damals noch mit Kabel funktionierte. Im Betrieb konnten verschiedene Programmabläufe, Geschwindigkeiten und die Vibrationsstärke eingestellt werden. Markus warf ein: „Das gibt es doch schon längst. Damit gewinnst du doch keinen Blumentopf mehr." Rüdiger fühlte sich gekränkt und wurde laut. Er hatte kein Verständnis für die ungerechtfertigte Kritik: „Hast du denn nicht richtig hingeschaut? Du musst dir das auch mal genauer ansehen, bevor du hier alles schlechtredest. Seht mal her, ihr müsst auf das Detail schauen, dann werdet ihr erkennen, was sich hinter meiner Idee verbirgt." Wir schoben die Biergläser beiseite, lehnten uns alle gespannt über den Tisch und hörten aufmerksam zu, was Rüdiger zu sagen hatte. „Ich gebe zu, auf den ersten Blick sieht alles aus, als wäre das ein ganz normaler Vibrator mit Fernbedienung. Ich habe jedoch noch einen Minikompressor eingebaut, der es ermöglicht, während des Betriebs eine bisher noch nie dagewesene Funktion auszuführen. Bisher konnte man nur Vibration und Schubbewegung variieren. Jetzt kommt noch eine zusätzliche Variable im Bereich des Volumens dazu. Ein kleiner Kompressor, kombiniert mit der bisherigen Technikeinheit, erlaubt eine Ausdehnung des elastischen Kunststoffkörpers um mindestens 50%. Das Volumen kann während des Betriebs je nach Bedarf verändert werden. Durch ein Ablassventil wird die Größe wieder auf den ursprünglichen Zustand reduziert, sodass er wieder in jede Damenhandtasche passt." „Hey, Rüdiger, das ist genial, so was gab's noch nie." Wir waren uns alle einig, dass das unser nächster großer Coup sein sollte. Alle werden begeistert sein und Beatrix wird uns dafür ein Denkmal bauen.

Am nächsten Tag ging es dann gleich los. Wir hatten freie Hand und konnten uns an allem bedienen, was wir brauchten. Alle Werkzeuge und Materialien standen uns zur Verfügung. Der Abteilungsleiter Professor Müller war ja auf Geschäftsreise und die anderen Mitarbeiter waren froh, dass sie vor uns ihre Ruhe hatten.

Wir brauchten fast die ganze Woche, bis wir einen Prototypen entwickelt hatten, der es unserer Meinung nach wert war, Professor Müller zur Abnahme vorzulegen. Freitag, kurz vor Feierabend, machten wir noch einen Trockenlauf. Alles funktionierte wie es sollte. Das Ding war dicht und der Kompressor konnte ordentlich Druck aufbauen. Auch optisch machte es was her, sodass der Name „Quasimodo 2" nicht gepasst hätte. Wir waren stolz auf unsere Arbeit und auf das Produkt, das wir geschaffen hatten. Am kommenden Montag warteten wir auf Professor Müller, der sich nach seiner Rückkehr unsere neueste Kreation anschauen sollte.

Professor Müller betrat Montagmorgen um 10 Uhr die Eingangsschleuse, die direkt zu seinem Labor führte. Seit 8 Uhr warteten wir gespannt auf seine Ankunft. Wir fingen ihn kurz vor seinem Büro ab und fragten, ob er jetzt gleich Zeit für uns hätte. Seine Laune schien schlecht zu sein. Ein „Hallo" oder „Guten Morgen" schien nicht in sein Sprachrepertoire zu gehören und wir bekamen nur die schroffe Antwort: „Jetzt geht erst mal gar nichts! Ich habe eine Menge Telefonate zu führen und heute Nachmittag noch Rapport bei der Chefin. Ihr könnt euer Glück nochmal um vier probieren." Obwohl wir unsere Apparatur als Erfindung des Jahrhunderts anpriesen, interessierte es ihn nicht. Eiskalt knallte er seine Bürotür vor unserer Nase zu. Mit einer ordentlichen Ladung Frust blieb uns nichts anderes übrig, als bis zum Nachmittag zu warten.

Endlich um 17:00 Uhr trat der Professor in sein Büro und forderte uns auf, gleich mitzukommen. Seine Laune schien besser zu sein. Die Chefin hätte ihn für seine Arbeit gelobt, teilte er uns mit. „So, dann zeigt mal her, was ihr in der Woche während meiner Abwesenheit so getrieben habt."

Ich stellte ihm mit stolzer Brust unser neuestes Produkt auf den Schreibtisch. „Das ist es. Einen Namen müssen wir noch finden", sagte ich. „Abwarten, sehen wir erst einmal, ob er es überhaupt wert ist, einen Namen zu tragen", entgegnete er. „Auf den ersten Blick sieht er aus wie jeder andere und die Fernbedienung gibt es auch schon." Nun schaltete sich Rüdiger ein und erklärte ihm die Vorzüge, die man auf den ersten Blick nicht erkennen konnte. Sofort stieg sein Interesse und nachdem wir den Einschalter betätigten und das komplette Programm durchlaufen ließen, war er zwar nicht begeistert, aber bereit, den Neuling über die Prüfstrecke im Labor laufen zu lassen. „Das wäre die nächste Hürde, um die nächsten Schritte bis zur Marktreife anzugehen", dachten wir.

Als wir das Büro verließen, klatschten wir uns ab. Markus meinte euphorisch: „So, das war der erste Schritt. Den Rest kriegen wir auch noch hin, das wäre ja gelacht."

Der Namenlose machte sich auf dem Prüfstand sehr gut. Der Belastungstest der Mechanik unter Volllast bekam ebenso gute Noten wie die Haptik. Die chemischen Eigenschaften und die elektrische Prüfung nach VDE-Norm verliefen ebenfalls tadellos. Der große Knackpunkt war jedoch der Test am lebenden Objekt. Hierfür boten sich immer wieder Frauen aus einem Pool abgetakelter Ex-Prostituierter an, die sich gerne für wenig Geld zu einem Test bereit erklärten. Sie nahmen die Produkte meist mit nach Hause und gaben sie eine Woche später samt einem ausgefüllten dreiseitigen Fragebogen wieder in der Abteilung ab. Wir waren uns sicher, dass der Namenlose gerade in dieser Disziplin herausragende Bewertungen erzielen würde.

Umso geschockter waren wir, als wir die Nachricht von Professor Müller erhielten: „Da ist etwas schiefgelaufen! Kommt sofort ins Krankenhaus, gynäkologische Abteilung."

„Was ist denn jetzt?", dachte ich. Gerade hatten wir es uns in unserer Stammkneipe gemütlich gemacht und wollten mit einem frisch gezapften Bier aufs Wochenende anstoßen.

Wir ließen alles stehen und liegen und fuhren direkt mit dem Taxi ins nahegelegene Stadtkrankenhaus. Professor Müller wartete bereits vor der Abteilung auf uns. Mit ernster Miene teilte er uns mit, dass unsere Testperson Trixi mit dem Notarztwagen und Blaulicht von zu Hause abgeholt wurde und sich nun im Operationssaal befand. Sie wird gerade von dem Chefarzt persönlich notoperiert.

Trixi war Stammgast im Hause Beatrix Knuse. Für solche Testaktionen war sie immer zu haben. Ihr Verdienst auf der Straße war mittlerweile, aufgrund ihres fortgeschrittenen

Alters, erheblich geschrumpft. Sie war auf solche Einkünfte angewiesen, um sich ihre kleine Einzimmerwohnung im Hafenviertel leisten zu können.

Es war mucksmäuschenstill im Wartezimmer. Wir starrten gespannt auf die Glastür in der Hoffnung, dass der Arzt bald kommt und uns eine positive Nachricht überbringt. Es kam uns wie eine Ewigkeit vor, bis endlich der Chefarzt mit bitterernster Miene ins Wartezimmer trat. „Das ist gerade nochmal gut gegangen. Eure Spezialerfindung hat sich dermaßen im Unterleib von Frau Trixi verkapselt, dass wir schon darüber nachdachten, das Ding per Kaiserschnitt zu entfernen. Uns gelang es jedoch, mittels eines Spiralbohrers das Teil anzubohren, um den Druck abzulassen, sodass ihr das Schlimmste erspart blieb. Dank ihrer berufsbedingten anatomischen Besonderheiten war die Entfernung ohne größere Operation möglich. Mithilfe einer Geburtszange war der Fremdkörper dann relativ leicht zu entfernen." Er schaute uns eindringlich an und warnte uns: „Keine solchen Experimente mehr, das ist gerade nochmal gut gegangen."

Mit hängenden Köpfen verließen wir das Krankenhaus. Wir bestellten noch einen Blumenstrauß an Trixis Krankenbett und sagten dem ebenfalls stark mitgenommenen Professor Müller: „Tschüss, bis Montag und ein schönes Wochenende."

Martin grübelte darüber, wie das Unglück zustande gekommen sein könnte. Im Labor war doch alles zur vollsten Zufriedenheit gelaufen. „Wahrscheinlich war das Ablassventil durch Verunreinigungen verstopft", vermutete er.

Rüdiger konnte es nicht lassen und musste im Taxi einen Witz raushauen: „Stellt euch vor, man hätte den Namenlosen nicht entfernen können. Man hätte ihn Trixi zuliebe so drehen können, dass sie wenigstens die Batterien wechseln könnte. Dann hätte sie bestimmt auch noch ein bisschen Spaß gehabt."

Obwohl der Witz in dieser Situation makaber war, zeigte er seine Wirkung. Wir mussten lachen. Die trübe Stimmung besserte sich und nach drei Bieren in unserer Stammkneipe war der Abend und auch das Wochenende gerettet.

Uns war klar, dass noch etwas nachkommen würde. Am Montagmorgen standen wir an den Werktischen und warteten darauf, ins Büro der Chefin gerufen zu werden. Wir hatten Angst, noch kurz vor unserer Gesellenprüfung ausgeschlossen zu werden.

Punkt 10 Uhr kam der Lehrmeister zu uns: „Alles stehen und liegen lassen und ab zur obersten Führung. Beatrix hat heute keinen guten Tag." „Okay, dann gehen wir mal", murmelten wir und trotteten zu ihrem Büro. Wohlwissend, dass dieser Besuch unangenehm werden würde.

Die Tür stand offen und Professor Müller stand bereits kreidebleich neben ihrem Schreibtisch. Vermutlich hatte er sein Fett schon wegbekommen, weil er uns erlaubt hatte, während seiner Abwesenheit im Labor zu arbeiten.

Wir standen still wie Zinnsoldaten und warteten auf das, was sie uns zu sagen hatte.

„Das kann nicht wahr sein! Da ist man mal eine Woche weg und hier geht alles drunter und drüber. Ohne Rücksprache werden lebensgefährliche Sachen ausprobiert. Sollte so etwas an die Öffentlichkeit gelangen, hätten wir ein riesiges Problem. Unser guter Ruf steht auf dem Spiel. Gerade jetzt, wo die Kooperation mit Dingrin ansteht, wäre das eine Megakatastrophe." Ich fragte kurz: „Dingrin?" „Das geht dich nichts an", antwortete sie schroff. „Seht lieber zu, dass es dieser Trixi wieder gut geht."

Mit einem kleinen Geldbetrag, einem weiteren Blumenstrauß und einer Schachtel Pralinen war die Angelegenheit mit Trixi erledigt. Ihr war die missglückte Aktion selbst höchst peinlich. Im Kreise ihrer Kolleginnen wäre sie nur ausgelacht worden.

Die Kooperation mit Dingrin weckte meine Neugierde, die Recherche nach dieser Firma gestaltete sich jedoch äußerst schwierig. Kurz mal ins Internet schauen, war Mitte der achtziger Jahre nicht möglich. Informationen fand ich schließlich in einer Bibliothek, die ein weltweites Firmenverzeichnis führte. Auch wenn die Informationen nicht besonders aufschlussreich waren, stieß ich unter "Dingrin" auf Folgendes: expandierendes Großunternehmen für Erotikartikel, Klein- und Standardvibratoren, gegründet 1982 in Vuzueng, China. Hinzu kamen unvorstellbar hohe Produktions- und Umsatzzahlen, von denen die Beatrix Knuse AG nur träumen konnte. Wie die geplante Kooperation mit Dingrin aussehen könnte, konnte ich mir zu diesem Zeitpunkt nur vage vorstellen.

Die anstehenden Gesellenprüfungen meisterten wir mit durchschnittlichen Ergebnissen. Nach dem Dämpfer durch die „Aktion Trixi" und den Rückgang der Verkaufszahlen war auf einmal alles anders. Ein Abwärtstrend der Beatrix Knuse Aktie an der Börse setzte ein und unsere Motivation sowie der Spaß an der Arbeit sanken merklich.

Beatrix war kaum noch zu sehen. Sie war ständig unterwegs, um in fremden Ländern neue Absatzmärkte zu erschließen, meist in Begleitung von Professor Müller. Beide hatten sich das Ziel gesetzt, außerhalb Europas Fuß zu fassen, um die Beatrix Knuse AG wieder aus den roten Zahlen zu holen.

Doch allzu erfolgreich schienen die beiden nicht zu sein. Erste Umstrukturierungen wurden vorgenommen. Mitarbeiter wurden in Altersteilzeit geschickt und es kam zu den ersten betriebsbedingten Kündigungen.

Zu diesem Zeitpunkt hatten wir nach unserer abgeschlossenen Gesellenprüfung natürlich schlechte Karten, einen

Vertrag für eine Festanstellung zu bekommen. Während sich drei unserer Kollegen umorientierten und die Firma verließen, hatten Martin und ich Glück. Wir durften als Außendienstmitarbeiter im Vertrieb die Produkte Vorort an die Kunden bringen. Für uns ein kleiner Lichtblick, auch wenn die Produktion bereits auf ein Minimum heruntergefahren war und überall eine Negativstimmung wegen des Ausverkaufs spürbar war.

GESELLEN-BRIEF

Steve Ottensen

geboren am 01.01.1966

in Gelnhausen

hat vom 01.08.1983- bis zum 03.02.1987

im Betrieb Beatrix Knuse

22369 Hamburg - Frunsbüttel

das Vibratorenbauer

-Handwerk erlernt und heute in diesem Handwerk die

GESELLEN-PRÜFUNG

bestanden.

Hamburg, den 03.02.1987

(Vorsitzender des Prüfungsausschusses)

(Beauftragter der zuständigen Stelle)

Mit dem Gesellenbrief von Beatrix Knuse in der Hand, standen einem keinesfalls alle Türen offen

Ich musste die Zeit überbrücken, bis sich ein neuer Job fand, also unterschrieb ich den Vertrag und schulte mein Verkaufstalent. Auch wenn das "Klinkenputzen" überhaupt nicht mein Ding war, hatte ich in dieser Zeit unvergessliche Erlebnisse, an die ich mich immer wieder gerne erinnere. Zum Beispiel hatte ich eine Obernonne als Stammkundin. Der Name der Geistlichen und des Klosters unterliegt natürlich dem Datenschutz. Ich besuchte sie kurz vor Beginn der Osterferien. Die neueste Kollektion war auf dem Markt und wurde den Stammkunden vorgestellt. Ich wurde am Eingangstor herzlich empfangen. Voller Neugier erwartete sie, dass ich ihr die neuen Produkte vorstellte. Ich nahm mir Zeit und war darauf gefasst, dass sie ein großes Ereignis daraus machen würde. Doch ich hatte mich getäuscht. Die Vorstellung verlief kurz und schmerzlos. Als ich gerade meinen Koffer öffnete, wurde sie sofort auf ein Modell aufmerksam und griff zielstrebig zu. In einem bestimmenden Ton sagte sie: „DEN NEHME ICH!".

Ich war zunächst erschrocken und wusste nicht, was ich sagen sollte. Umso mehr stand ihr die Enttäuschung ins Gesicht geschrieben, als ich fragte: „Sind Sie sicher? Das ist meine Thermoskanne!"

Mein Kumpel Martin schwebte immer noch im Liebestaumel mit seiner Hiltrud. Auch beruflich lief es für ihn immer besser und seine Fähigkeiten als Verkäufer blieben seinen Vorgesetzten nicht verborgen. Mittlerweile hatte er einen riesigen Kundenstamm und übernahm Kundentermine in ganz Deutschland. Aufgrund der größeren Entfernungen blieb es nicht aus, dass er immer öfter in Hotels übernachten musste. Hiltrud, die mittlerweile zu ihm nach Hamburg gezogen war, passte das gar nicht. Sie konnte sich an das Stadtleben nicht gewöhnen. Ihr Dialekt vertrug sich nicht mit dem Plattdeutsch der Hamburger. Trotz aller Bemühungen fand sie keinen Anschluss. Die Ankündigungen von längeren Geschäftsreisen endeten regelmäßig in einem Drama. Martins Idee, die Zeit seiner Abwesenheit mit einem Vibrator zu überbrücken, fand beiderseitige Zustimmung. Damit sollte auch Hiltruds Verlangen gestillt werden, das laut Martin unersättlich war. Hiltrud, die sich nie großartig für seine berufliche Tätigkeit interessiert hatte, war noch nie mit dem Thema Erotikartikel konfrontiert worden. Aufgrund ihrer Unwissenheit musste sie erst einmal über die Gerätschaften aufgeklärt und eingewiesen werden. Schließlich sollte es keine Probleme geben, wenn ihre Bedürfnisse während Martins Abwesenheit gestillt werden sollten. Doch mit einer kurzen Unterweisung machte es sich Martin recht einfach: „Du kannst mit dem Gerät genauso umgehen wie mit dem kleinen Martin. Du musst sonst auf nichts achten. Die Funktion und Handhabung sind genau die gleiche." Mit dieser knappen Information verließ er sie für eine Woche.

Seine Geschäftsreise verlief erfolgreich. Er besuchte den gesamten Kundenstamm in Süddeutschland und alle Geschäfte konnten innerhalb einer Woche abgeschlossen werden. Mit einem guten Gefühl kehrte er in den hohen Norden zu seiner Hiltrud zurück. Der Empfang war überschwänglich und mit gegenseitigen Liebesbekundungen übersät. Mit Tränen in den Augen nahm er sie in den Arm. Ich war bei diesem Ereignis dabei, denn Martin hatte mich zum Abendessen eingeladen. Während des Essens fiel mir auf, dass Hiltrud ungewöhnlich laut schmatzte. Zudem hatte sie viel zu erzählen, so dass sie mit ihrer feuchten Aussprache das halbe Essen auf dem Tisch verteilte. Teilweise musste ich mich wegducken, um nicht von Speiseresten getroffen zu werden. Das musste wohl noch ein Relikt aus ihrer Zeit auf dem Bauernhof im Vogelsberg gewesen sein. Ich war erstaunt, wie viel Redebedarf sich bei einer Frau in nur einer Woche ansammeln kann. Ganz von selbst kam sie auch auf das Thema Vibrator zu sprechen, den Martin ihr während seiner Abwesenheit überlassen hatte. „So a bläjdes Schaisdeng", sagte sie ohne weitere Erklärung. Martin, sichtlich überrascht, fragte: „Wieso, was war denn?" Ihre Antwort auf tiefstem Vogelsberger Platt werde ich nie vergessen:

„Des is oalles goud gänge, oaber oals i däm Drecksknüppel
oan geblose hen, sahn mär dei goanze Bluombe raosgefulle."
Für alle verständlich: Es hat alles wunderbar funktioniert. Aber
als ich dem Ding Oralsex geben wollte, fielen mir sämtliche
Zahnfüllungen heraus.

Hiltrud konnte ihre Freude über Martins Rückkehr nicht verbergen. Die ihr während seiner Abwesenheit überlassene Ge-
rätschaft wies deutliche Kampfspuren auf

Beatrix vermisst – Aktieneinbruch an der Börse!

Die Schocknachricht eines Flugzeugabsturzes, bei dem zwei Personen vermisst wurden, erreichte mich während eines Kundentermins im Außendienst. Auf einer Geschäftsreise von Hamburg nach China war das Flugzeug von Beatrix Knuse plötzlich vom Radar verschwunden. Die Behörden befürchteten das Schlimmste und suchten bereits im Himalaya-Gebirge nach ihr und ihrem Begleiter, Professor Müller. Diese Nachricht war ein schwerer Schlag in einer Zeit, in der ohnehin niemand wusste, wie es mit der Firma weitergehen würde.

Der Düsenjet von Beatrix. In der Belegschaft auch „Der fliegende Dildo" genannt

Es kam, wie es kommen musste. Nach der anfänglichen Euphorie und dem erfolgreichen Börsengang folgte nun die bittere Realität: Der Kopf der Beatrix Knuse AG war verschwunden. Die Suche nach dem Flugzeug wurde nach vierzehn Tagen eingestellt und Beatrix Knuse sowie der Professor wurden offiziell als vermisst gemeldet. In der Folge stürzten die Aktien der Beatrix Knuse AG ab und Gerüchte über einen möglichen Verkauf an den chinesischen Großaktionär Dingrin machten die Runde.

Die Firma Dingrin war inzwischen zum größten Hersteller von Erotikartikeln in Asien gewachsen und deckte dort den größten Teil des Bedarfs an Vibratoren ab. Ständig auf der Suche nach neuen Geschäftsfeldern, war die Übernahme der Beatrix Knuse AG ein gefundenes Fressen. Dieser bot die optimale Gelegenheit, um auf dem attraktiven deutschen Markt Fuß zu fassen. Bislang hatte sich Dingrin aufgrund der biologischen Bedürfnisse der kleineren asiatischen Frauen auf die Herstellung von Kleinvibratoren spezialisiert. Doch durch die Patente und das Know-how der Beatrix Knuse AG wäre eine Expansion auf den europäischen Markt möglich, um auch die Bedürfnisse der dortigen Kunden zu bedienen. Mit dem guten Ruf und den kreativen, innovativen Qualitätsprodukten der Beatrix Knuse AG hatte Dingrin nun alle Trümpfe in der Hand, um sich als weltweite Nummer Eins im Vibratorenbau zu etablieren.

Die angeblich humane und sozialverträgliche Lösung für die Übernahme sah vor, dass alle Mitarbeiter zu Dingrin wechseln sollten, ohne dass jemand gekündigt wird. Allerdings fand die Produktion nicht mehr in Deutschland statt und alle anderen Geschäftsbereiche wurden nach China verlagert. Wer bleiben wollte, musste also nach China ziehen – ansonsten drohte die Kündigung.

Der Weg nach Vuzueng

Für mich gab es damals keine Möglichkeit, einen anderen Arbeitsplatz zu finden. Zudem war ich ledig, frei und immer noch abenteuerlustig. Also nutzte ich die Gelegenheit und unterschrieb mit gedämpfter Begeisterung den Arbeitsvertrag. Martin folgte mir als treuer Begleiter, natürlich mit Hiltrud im Schlepptau.

In Vuzueng angekommen und mit dem festen Glauben, neue Abenteuer und Erfahrungen zu sammeln, verließen wir den Flughafen. Schon am ersten Abend erkundeten wir die Stadt, die in der kommenden Zeit unser Arbeitsplatz sein sollte. Vuzueng stellte sich mir als Retortenstadt ohne Herz und Seele dar. Hier hatte Dingrin seine Produktionsstätte aufgebaut und man konnte die junge Industriestadt mit der Millionenstadt Zhengschuh vergleichen, in der Apple seine Handys für den Weltmarkt produzieren ließ. Genau wie Zhengschuh war auch Vuzueng nur erschaffen worden, um ein einziges Produkt herzustellen – in diesem Fall Vibratoren. Für mich unfassbar!
Von Anfang an wusste ich, dass ich mich hier niemals wohlfühlen würde. Schon der Gedanke, hier in einem Büro Kundenakquise für westliche Märkte betreiben zu müssen, bereitete mir Unbehagen. Ich fragte mich, ob ich hier jemals meine Erfüllung finden könnte.

Ein romantischer Sonnenuntergang! Blick vom höchsten Punkt den Venusberg 69m über NN auf Vuzueng

Es war mir klar, dass nicht nur die technische Umstellung das Problem sein würde. Die Kleinvibratoren aus der chinesischen Massenproduktion wirkten von Anfang an lieblos und billig. Das chinesische Topmodell war lediglich mit drei kleinen Knopfzellen vom Typ CR 3023 ausgestattet und hatte auf dem Plastik-Batteriedeckel eine winzige Gravur in chinesischen Schriftzeichen – wahrscheinlich ein Hinweis auf den Hersteller und das Produktionsjahr. Aufgrund der schwachen Energieversorgung hielt das Gerät keine fünf Minuten durch. Vielleicht war diese Sparmaßnahme sogar Absicht, um die Nutzung kurz zu halten. In China scheint alles schnell und effizient gehen zu müssen – das Fließband ruft und das Bruttosozialprodukt muss vorangetrieben werden.

Im Vergleich zu unserem deutschen Qualitätsprodukt war das ein himmelweiter Unterschied! Ein Beispiel gefällig? Erinnern wir uns an „Friedrich den Ersten." Schon während meiner Lehrzeit durfte ich an der Weiterentwicklung dieses Vorzeigemodells der Beatrix Knuse AG mitwirken. „Friedrich der Erste" hatte einen Batterieverschluss, der so groß war wie der Deckel eines Marmeladenglases. Auf dem Deckel prangte in großen Lettern, auch ohne Brille gut lesbar folgende Inschrift: „Beatrix Knuse Vibratoren Werke AG Hamburg/Frunsbüttel". Hinter diesem Verschluss verbargen sich zwei 9-Volt-Langzeitbatterien, die unter Volllast eine Betriebsdauer von drei Stunden ermöglichten.

Mein treuer Kumpel Martin und ich hatten Spaß an Wortspielereien. So kreierten wir aus dem Firmennamen und unserer Arbeitsstätte einen „Running Gag", den die wenigen Gäste in der kleinen Vergnügungsmeile von Vuzueng gerne mitspielten.

Es gab nur eine einzige Bar in Vuzueng, die „Good Vibration", die fast ausschließlich von Europäern besucht wurde. Eine kleine Bühne stand zur Verfügung, meist für Karaoke, aber auch für spontane Witze. Martin und ich standen oft vorne auf der Bühne und fragten das Publikum: „Wer hat denn schon ein bisschen die Sprache gelernt und kann uns sagen, was ‚Made in‘ auf Chinesisch heißt?" Natürlich wusste das niemand. Wir hatten dafür das Wort „Wendi" erfunden und behaupteten, es wäre die richtige Übersetzung.

Alle glaubten uns. Dann baten wir ein paar Damen aus dem Publikum, den Satz „Dingrin wendi Vuzueng" nachzusprechen – ganz langsam und in Silben getrennt:

„-Ding–rin–wen–di–Vu–zu–eng–".

Es gelang keiner Dame, diesen Satz unmissverständlich auszusprechen. Probiert es doch selbst mal aus!

Ein Traum wird zum Alptraum

In Vuzueng wurde ich einfach nicht glücklich. Das bunte Leben, wie ich es aus einer gewachsenen Großstadt wie Hamburg kannte, mit seiner Kultur, den Freunden und dem ganzen Drumherum, war hier nicht annähernd vorhanden. So entschied ich mich, die Stadt so schnell wie möglich wieder zu verlassen.

Ich hatte einen großen Traum, den ich verwirklichen wollte. Mein Wunsch, auf der Rückreise eine Zwischenstation im Himalaya-Gebirge einzulegen, sollte endlich in Erfüllung gehen. Mit einer Wanderung über das Dach der Welt und dem Blick auf die Achttausender wollte ich meinen Asienaufenthalt mit einem positiven Eindruck abschließen. Fristgerecht reichte ich meine Kündigung ein und plante sofort eine Tour zum Basislager des Mount Everest. Die Tickets nach Kathmandu buchte ich umgehend und nachdem ich mir die passende Ausrüstung besorgt hatte, sollte es zwei Tage später losgehen. Ich verabschiedete mich von Martin und Hiltrud und fuhr mit dem Taxi zum Flughafen. Der holprige Flug mit dem kleinen, zweimotorigen Flugzeug war allein schon Abenteuer genug.

Ich war froh, nach der glücklichen Landung und einem kleinen Snack in einem günstigen Hotel die Augen schließen zu können.

Gut ausgeruht galt es am nächsten Morgen, einen passenden, erfahrenen Sherpa zu finden, der mich bis zum Basislager auf 5.600 Metern Höhe begleiten sollte. Im Eingangsbereich des Hotels gab es ein schwarzes Brett, an dem massenweise Zettel mit Telefonnummern hingen, auf denen sich Bergführer für kleines Geld anboten. Da ich niemanden um eine Empfehlung bitten konnte, wählte ich einfach eine der vielen Telefonnummern aus. Nach einem kurzen Telefonat gestaltete sich die Tourplanung für die nächsten fünf Tage als recht unproblematisch.

Am nächsten Tag ging es los. Bis auf eine kurze Begrüßung und einer Erklärung der Wegstrecke in gebrochenem Englisch blieb unser erster Tag der Wanderung sehr wortkarg. Die Übernachtungen fanden in sogenannten Teehäusern statt, die extra für den Tourismus errichtet worden waren. In den Teehäusern gab es auch kleine Shops, in denen Snacks oder Artikel aus heimischer Produktion verkauft wurden. Manchmal fand man typischen Touristenkitsch, aber auch künstlerisch hochwertige Handarbeiten aus der nepalesischen Handwerkszunft. Abends, nach der Ankunft im Lager, hatte man immer noch etwas Zeit, sich bis zur ersehnten Bettruhe mit netten Gesprächen oder Einkäufen in den kleinen Läden zu beschäftigen. Aus Langeweile kaufte man gerne eine Kleinigkeit, musste aber darauf achten, es nicht zu übertreiben, da jedes zusätzliche Gramm in dieser Höhe doppelt ins Gewicht fiel. Am dritten Tag erreichten wir das Ziel. Hier, vom Basislager aus, starteten die Bergsteiger mit dem großen Ziel, auf die Achttausender zu steigen oder gar den Mount Everest zu bezwingen.

Für mich war die Tour bis zum Basislager vollkommen ausreichend – ich hatte weder die Ausrüstung noch die notwendige Kondition für höhere Ziele.

Bevor ich es mir mit einer heißen Tasse Tee in meiner Unterkunft gemütlich machen wollte, konnte ich nicht widerstehen, noch einmal in einem der Shops vorbeizuschauen. An der letzten Station gab es gleich drei Läden, aber ich entschied mich, nur einen zu besuchen. Was ich dort entdeckte, war unglaublich. Zwischen dem ganzen üblichen Krimskrams standen versteckt drei Vibratoren. „Kann ich mir die mal näher anschauen?", fragte ich. „Yes, please", antwortete der uralte Verkäufer, den ich auf etwa 90 Jahre schätzte. Ich konnte es nicht fassen – ich hielt genau die drei Superhelden in der Hand: Superman, Hulk und Flash Gordon und sie sahen genauso aus wie die, die ich damals in Beatrix' Büro auf meiner Zeichnung hinterlassen hatte. Das Farbschema und die Form – alles genau so, wie ich es skizziert hatte. „Das gibt es doch nicht", dachte ich und fragte sofort: „Woher stammen diese Teile?" Der alte Mann schüttelte nur den Kopf und fragte: „Kaufen?" Ich brauchte Hilfe! Sofort machte ich mich auf die Suche nach meinem Sherpa, der mir beim Übersetzen helfen sollte. Ich fand ihn in seinem Lager, wo er es sich bereits mit seinen Kollegen auf einer Liege bequem gemacht hatte. Ich zerrte ihn an seinem Arm und bat ihn, mitzukommen. Zurück am Verkaufsstand waren die drei Objekte jedoch plötzlich verschwunden. Ich beauftragte meinen Sherpa, den alten Mann zu fragen, wo die Teile geblieben seien. Er zuckte nur mit den Schultern und sagte: „Verkauft." Ich konnte es nicht fassen. Da kommst du in den entlegensten Winkel der Erde und findest dort ganz unerwartet deine längst vergessenen Ideen wieder, die jemand umgesetzt hat und hier verkaufen will. Wurde alles vertuscht, weil ein Geheimnis dahintersteckt? Mir wurde plötzlich klar, dass dies nur etwas mit Beatrix Knuse zu tun haben konnte. Aber warum bekam der Verkäufer plötzlich Angst, als die Frage aufkam, woher er die Teile habe?

Mitten im Himalaya tauchten die Superhelden plötzlich auf

Ich überredete meinen Sherpa, noch einen Tag länger im Basislager zu bleiben, um vielleicht am nächsten Tag Auskunft über die Herkunft der Vibratoren zu erhalten. Das Basislager diente nur als Zwischenstation, die ständig wechselnden Gäste verließen den Standort meist schon nach einer Übernachtung. Wir warteten geduldig bis zur Mittagszeit, bis die Shops wieder öffneten und die Verkäufer ihre Artikel aufstellten. Auch der alte Mann war wieder da. Ich beobachtete ihn dabei, wie er sein kleines Lädchen vorbereitete. Als der Verkäufer mich sah, wollte er sofort die drei Geräte wieder von seiner Auslage entfernen, aber ich war schneller und griff nach ihnen. „Was kosten die?", fragte ich. „100 Dollar für alle drei", kam sofort die Antwort. „Okay, aber nur, wenn er mir sagt, woher die Teile stammen.", bat ich meinen Sherpa, zu übersetzen. Der alte Mann schlug plötzlich mit den Armen um sich, wie ein Vogel, der in die Lüfte starten will. Ich konnte seine Bewegungen deuten und vermutete, dass er ein Flugzeug nachahmen wollte. Mir wurde klar, dass die Sache etwas mit dem mysteriösen Verschwinden von Beatrix Knuse und dem Professor zu tun haben musste. Wie sonst hätten Produkte, die meiner Idee entsprangen, hier im Himalaya auftauchen können? Ich musste unbedingt erfahren, woher er die Vibratoren hatte. Das erklärte ich auch meinem Sherpa, der die Antwort aus dem alten Mann herauskitzeln sollte, koste es, was es wolle.

Geschlagene 30 Minuten beobachtete ich die beiden, bis sie schließlich zu einer Einigung kamen. Der Sherpa trat auf mich zu und ich war gespannt, was er zu sagen hatte.

Er berichtete mir, dass der Sohn des alten Mannes ebenfalls als Sherpa arbeitet und hauptsächlich die schwierigen Routen in der Bergwelt bestreitet. Er kennt die entlegensten Gipfel und Schluchten, dort, wo normalerweise kein Mensch hinkommt. In der Nähe des Basislagers habe er ein abgestürztes Flugzeug entdeckt. In dem Wrack fand er mehrere Kisten mit diesen merkwürdigen bunten Stäben, die sein Vater nach und nach zu Geld machen wolle. Da dies sein einzig lukratives Geschäft sei, wolle er nicht verraten, wo sein Sohn das Wrack gefunden hat. Ich bat ihn, nochmals zu übersetzen: „Es ist für mich sehr wichtig, dass ich zu dem Flugzeug gelange. Niemand würde davon erfahren und an den merkwürdigen Stäben bin ich nicht interessiert. Sein Sohn würde gut dafür bezahlt werden, wenn er mich zu dem Flugzeugwrack führt." Der alte Mann überlegte kurz, dann schlug er ein. Sein Sohn sollte uns bereits am nächsten Tag zu dem Wrack führen. Die Tour würde hin und zurück genau einen Tag dauern. Wir sollten uns um 6 Uhr morgens bereithalten. „Na, das war doch schon mal etwas", dachte ich mir und erwartete voller Spannung den nächsten Tag. Ich verabschiedete mich bei meinem Sherpa, bezahlte ihn und dankte ihm für alles.

Der Sohn des Verkäufers stand pünktlich um 6 Uhr vor dem Teehaus und überreichte mir Schneeschuhe, Seile, Helm und andere Utensilien, mit denen ich im ersten Moment nichts anzufangen wusste. Er selbst war auch nicht mehr der Jüngste – ein ausgemergeltes, zähes Männlein, gezeichnet von dem harten Leben im Hochgebirge. Ich schätzte ihn auf Anfang fünfzig. Er stellte sich knapp als „Jake" vor und machte keine Anstalten, eine freundschaftliche Beziehung aufzubauen. „I'm Jake" sollten für die nächsten Stunden die letzten Worte einer nicht stattgefundenen Konversation sein. Er verließ sofort die ausgetretenen Pfade und führte mich über schneebedeckte Wege, die seit den letzten Schneefällen noch niemand betreten hatte. Ich trottete ihm laut schnaufend hinterher, in der Hoffnung, dass wir bald das Ziel erreichen würden. Ich schätzte, dass wir bereits gut 1.000 Höhenmeter überwunden hatten und meine Kräfte waren am Ende. Die dünne Luft auf 6.000 Metern Höhe war für mich als untrainierten Mitteleuropäer eine echte Herausforderung.

Es war bereits Mittagszeit, als Jake auf einer kleinen Erhebung stehen blieb, seinen Arm ausstreckte und auf eine Schlucht in etwa 100 Metern Entfernung zeigte. „There it is", sagte er und ging weiter. Zuerst konnte ich nichts erkennen, doch je näher wir der Schlucht kamen, desto deutlicher sah ich, dass es sich tatsächlich um ein Flugzeugwrack handeln könnte. Schließlich standen wir direkt davor. Der Absturz hatte deutliche Spuren hinterlassen. Die Kanzel war zwar noch zu erkennen, aber beide Flügel waren abgerissen. Am Rumpf konnte man eine Eingangsluke sehen, deren Tür fehlte, sodass man Zugang zum Wrack hatte. Im Frachtraum fand ich aufgerissene Kartons, in denen kistenweise Vibratoren in Form von Superhelden herumlagen. Die Teile waren über den gesamten Boden verteilt. Verzweifelt suchte ich nach Hinweisen, ob es sich wirklich um den Düsenjet von Beatrix handelte. Da erinnerte ich mich an eine Eigenart von Beatrix, auf die sie nie verzichten wollte: das Amulett. Ich ging ins Cockpit und dort sah ich es. Es hing an einem extra angebrachten Rückspiegel vor der Frontscheibe, genauso, wie sie es mir beschrieben hatte. Vorsichtig nahm ich es ab und betrachtete es. Langer-Zeiger–kurzer-Zeiger–schneller Zeiger, das war ihr Glücksbringer und ihr Lebenselixier. Jetzt hatte ich den Beweis: Es konnte sich nur um den Düsenjet von Beatrix Knuse handeln. „Doch wo sind die Leichen der beiden?", fragte ich mich. Von den sterblichen Überresten war weit und breit nichts zu sehen. So einen Absturz kann doch niemand überleben. Was ist mit Beatrix und dem Professor geschehen? Jake wurde unruhig und bat mich, aufzubrechen, um vor Einbruch der Dunkelheit wieder das Basislager zu erreichen. Der Rückweg von dort in die Stadt dauerte vier Tage, so dass ich ausreichend Zeit hatte, über alles Erlebte nachzudenken. In meinem Kopf formten sich die wildesten Theorien, wie die Tragödie abgelaufen sein könnte und welchen Hintergrund das alles haben könnte.

Hatte Beatrix die Superheldenkollektion in kleiner Stückzahl produzieren lassen, um in China mit der Firma Dingrin eine Massenproduktion zu starten? Dort interessieren Patentrechte ohnehin niemanden. Marvel Comics bekam Wind davon und ließ das Flugzeug über dem Himalaya abschießen, um zu verhindern, dass die Superhelden ins Lächerliche gezogen werden. Die Leichen von Beatrix und dem Professor wurden von Yetis gefunden und an deren Familien verfüttert.

Oder hatten Beatrix und der Professor den Flugzeugabsturz selbst inszeniert? Sie hofften, dass das Wrack irgendwann gefunden würde. Die Ladung und der Glücksbringer sollten nur eine falsche Fährte legen. Inzwischen leben beide in trauter Zweisamkeit irgendwo auf den Philippinen, in einem Haus am Strand und genossen gemeinsam ihren Lebensabend. Sie mussten sich nicht mehr um die Insolvenz und den Untergang der Beatrix Knuse AG sorgen und haben ein neues Leben begonnen.

Oder hat die Firma Dingrin einfach Tabula rasa gemacht, um die Übernahme zu beschleunigen? Ihr Flugzeug wurde zum Absturz gebracht und die Leichen wurden entsorgt, kurz bevor Beatrix ihren letzten Trumpf ausspielen konnte. Doch das war Dingrin egal, denn das große Ziel – die Übernahme – war erreicht.

Mit der zweiten Version konnte ich mich am besten anfreunden. Doch wusste ich nicht, wie ich damit umgehen sollte. Mein schlechtes Gewissen plagte mich. Diese Reise fand wahrscheinlich nur statt, weil ich die Superhelden-Idee hatte, die Beatrix dann heimlich mit den Chinesen umsetzen wollte. Es wäre vielleicht der entscheidende Schachzug gewesen, um die Firma zu retten. Würde ich mich jetzt in Gefahr bringen, wenn das alles an die Öffentlichkeit käme? Oder sollte ich es auf sich beruhen lassen und lieber schweigen? Wer weiß, was die Nachforschungen über den Absturz noch ans Licht bringen würden. Für alle Beteiligten wäre es wahrscheinlich das Beste, wenn darüber Gras – oder besser gesagt Schnee – wachsen würde. Vielleicht wird das Wrack in tausend Jahren gefunden und es werden Vermutungen angestellt, ähnlich wie bei Ötzi im Ötztal. Ich beschloss, dass es mein großes Geheimnis bleiben sollte.

Fünzehn Jahre später

Mittlerweile arbeitete ich in einem städtischen Versorgungsunternehmen und beschäftigte mich mit der Planung und Verlegung von Gas- und Wasserrohrleitungen. Es hatte sich eine gewisse Ruhe in mein Leben eingeschlichen. Auch wenn der neue Beruf nichts mit meiner vorherigen Tätigkeit zu tun hatte, konnte man nicht unbedingt behaupten, dass die neue Aufgabe völlig von meinem erlernten Beruf abwich. Irgendwie hatten beide Berufe doch einen gewissen Bezug zueinander, da sie beide etwas mit Rohrverlegung zu tun hatten. Die geregelten Arbeitszeiten im öffentlichen Dienst verschafften mir den Freiraum, mich wieder den wichtigen Dingen im Leben zu widmen. In meiner Freizeit besuchte ich gerne meine neunzigjährige Oma, die für ihr Alter noch eine erstaunliche Fitness an den Tag legte. Aufgrund ihrer früheren Tätigkeit als technische Zeichnerin in einer Werft für Schiffsbau war sie sehr technikaffin. Für mich erklärte das auch, warum sie sich bis ins hohe Alter für die neuesten Schiffsmodelle von Lego interessierte. Geschenke solcher Art zu Geburtstagen oder Weihnachten machten sie glücklich. Auf ihrem Wunschzettel standen damals noch das große Wikingerschiff, das

Polizeischiff, der Öltanker und andere Modelle. Ich wollte mir ihre Projekte gerne ansehen und freute mich darauf, bei meinem nächsten Besuch all ihre zusammengebauten Werke bestaunen zu dürfen.

Nach dem traditionellen Kaffee und Kuchen stellte ich ihr die Frage: „Was hast du denn mit den vielen Lego-Booten und -Schiffen gemacht? Hast du sie aufgebaut und irgendwo auf Regalen ausgestellt oder hast du sie sogar mal schwimmen lassen? Könnte ich sie mir mal anschauen?"

„Klar doch... die stehen alle in der Rumpelkammer hinter der Zimmertür", sagte sie: „Da kannst du gerne mal gucken."

Da ich mich in ihrem Haus gut auskannte und wusste, wo die Rumpelkammer war, ging ich eigenständig nachschauen. Ich öffnete die Zimmertür und musste erschrocken feststellen, dass all die Legosachen noch in ihren Originalkartons verstaut und ordentlich neben dem Kleiderschrank aufgestapelt waren.

Neugierig nahm ich vom obersten Karton den Deckel ab, um hinein zu schauen. „Tatsächlich, die ganzen Plastikteile hängen noch originalverpackt an den Plastikrähmchen", dachte ich. „Hier wurde nichts gebaut". Ich fragte mich warum. Ein wenig enttäuscht kehrte ich zurück ins Wohnzimmer zu meiner Oma und fragte: „Ich dachte, du bist ganz verrückt nach den Lego-Schiffen, weil du sie so gerne selbst zusammenbaust und auch schwimmen lässt. Jetzt sehe ich, dass noch alles in den Originalkartons ist und nichts zusammengebaut wurde."

Ihre Antwort überraschte mich sehr: „Weißt du, in den Packungen sind doch immer diese kleinen blauen Stäbchen mit Motor, die normalerweise unten ans Schiff drankommen. Den Aufwand habe ich mir gespart. Viel mehr Spaß habe ich daran, zwei Batterien reinzumachen und die Dinger anzuschalten. Die kribbeln dann nämlich so schön!" „Ok", dachte ich, „vielleicht sollte ich Oma beim nächsten Besuch doch etwas anderes mitbringen.“

Mit Martin pflegte ich weiterhin ein gutes Verhältnis. Mittlerweile hatte er seine Hiltrud geheiratet und war stolzer Vater. Es war mir eine Ehre der Patenonkel seiner Tochter Pauline sein zu dürfen. Ich traf mich mit Martin ein bis zweimal im Jahr und wurde auch regelmäßig zu Familienfeiern eingeladen. Seinen Lebensunterhalt verdiente er mittlerweile als Vertreter von Toilettenartikeln. Die drei lebten glücklich und zufrieden in einem kleinen Häuschen nahe Leverkusen.

Wenn mich Martin besuchte fuhren wir gerne nach Frankfurt und machten uns einen schönen Tag. Dort besuchten wir am liebsten einige Trinkhallen und freuten uns über unsere langwährende Freundschaft.

Auch ich besuchte Martin einmal im Jahr kurz vor Weihnachten in seiner Heimat. Wir trafen uns dort in seinem kleinen Lieblingsbistro, nicht weit von seinem Wohnsitz entfernt. Wie so oft sprachen wir über die guten alten Zeiten und die Ereignisse des vergangenen Jahres. Zwangsläufig tauchte auch immer wieder die Frage auf, was man denn dieses Jahr seiner Liebsten zu Weihnachten schenken würde. Ich fragte: „Martin, was legst du denn Deiner Hiltrud dieses Jahr unter den Weihnachtsbaum?“

„Die Hiltrud kriegt dieses Jahr zu Weihnachten einen Vibrator“, antwortete er knapp. „Einen Vibrator?“, fragte ich verwundert. „Hattest du ihr nicht letztes Jahr schon einen Vibrator geschenkt?“ „Ja, das stimmt, aber der war für’n Arsch!“, antwortete er unmissverständlich. Da wollte ich jetzt doch nicht weiter nachfragen und wir wechselten das Thema. Kurz vor der Verabschiedung überreichte mir Martin noch einen Umschlag und sagte: „Das ist eine Einladung von Pauline. Sie hat nächstes Jahr ihre Konfirmation. Als ihr Patenonkel wirst du ja hoffentlich dabei sein?" „Selbstverständlich komme ich, das ist mir eine Ehre", antwortete ich spontan und fragte: „Was wünscht sie sich denn?" „Pauline ist sehr technikaffin. Du würdest ihr eine riesige Freude machen, wenn du ihr vielleicht eines dieser Lego-Schiffe mit Motor schenken könntest, denn darauf fährt sie momentan voll ab." Zuhause überlegte ich noch eine Weile und entschied mich schließlich dafür, es bei einem einfachen Geldgeschenk zu belassen.

Letzte Woche bekam ich eine Nachricht von meinem Ex-Kollegen Rüdiger. Wir sollten uns alle mal wieder in unserer Stammkneipe in Frunsbüttel treffen. Er hätte eine Anfrage von ganz oben bekommen. Unsere Ideenschmiede sei gefragt. „Wie die Zeit vergeht", dachte ich. Es ist alles schon so lange her und es kommt mir vor, als wäre es gestern gewesen. Ich freute mich wahnsinnig darauf, die alten Kumpels wiederzusehen und war gespannt, was sie nach so langer Zeit zu erzählen hatten.

Die Begrüßung in unserer Stammkneipe war überschwänglich. Nach über dreißig Jahren gab es viel zu erzählen. Keiner war dem alten Beruf treu geblieben. Wie auch? Die Erotikbranche war fest im Griff ausländischer Hersteller und die Vermarktung wurde fast ausschließlich über das Internet abgewickelt. Nachdem die aktuellen Zustände der Lebens- und Familienverhältnisse ausgetauscht waren, kamen die alten Geschichten auf den Tisch. Der legendäre Abend in der Werkstatt, verbunden mit der Geburt des Quasimodo, ist einfach unvergesslich. Die Frage, ob Trixi noch lebt und womit sie jetzt ihren Lebensunterhalt verdient, kam natürlich auch auf. Ob jemand noch etwas von Beatrix und dem Professor gehört hatte, war ebenfalls ein Thema. Nachdem wir mit den ersten Bieren und Schnäpsen angestoßen hatten, fühlte es sich an wie in den alten Zeiten, wie als hätten wir uns nie aus den Augen verloren.

Plötzlich holte Roberto einen Zeitungsausschnitt aus seiner Hosentasche und bat um Gehör: „Lasst mich euch etwas vorlesen. Den Artikel habe ich im Kreisanzeiger entdeckt." Es schien etwas Besonderes zu sein und so hörten wir ihm gespannt zu. Er räusperte sich kurz und legte los: „Die Überschrift: „Aussteigerpärchen machen Menschenfresser glücklich!" Einen wirklich ungewöhnlichen Ort, um seinen Lebensabend ausklingen zu lassen, suchte sich ein deutsches Aussteigerpärchen. Sie fanden ihr Glück in der Bergwelt von Papua-Neuguinea, wo die Einheimischen auf primitivste Weise leben und vielen Gefahren trotzen. Schlangenbisse, Krokodile und giftige Spinnen gehören hier zum Alltag. Die Ureinwohner sind dafür bekannt, dass der Kannibalismus noch immer gepflegt wird. Doch was hat das Pärchen aus der westlichen Zivilisation hierher verschlagen? Man glaubt es kaum: Das kreative Paar hat es geschafft, die Liebe in den Urwäldern wieder aufleben zu lassen – und das offenbar mit großem Erfolg.

Auf die Frage, wie sie denn mit den Ureinwohnern zusammenleben und ob sie keine Angst hätten, antwortete die etwa siebzigjährige Ute (Name auf Wunsch geändert): „Wir sind hier mittlerweile als Stammesmitglieder akzeptiert und voll in das Dorfleben integriert. Unsere Arbeit wird sehr geschätzt, denn sie trägt zum Wohl aller bei." Es stellte sich die Frage, mit welcher Arbeit die beiden eine solche Wertschätzung erlangt hatten. „Wir schnitzen Dildos aus Knochen und verkaufen sie an die Dorffrauen", war die Antwort, die uns alle überraschte. „Wenn die müden Männer abends von der Jagd zurückkehrten, gab es oft Unmut, wenn die ausgeruhten Dorfbewohnerinnen noch ihr Recht einforderten, aber die Männer völlig erschöpft in die Hängematte fielen. Doch das änderte sich, als mein Mann und ich den Damen einen Knochendildo vorstellten. Die Dorffrauen waren so begeistert, dass wir den Bedarf kaum decken konnten. Bald boten wir sogar Schnitzkurse an, die sehr gut angenommen wurden. Das Dorfleben wurde friedlicher und sogar der Kannibalismus ging bis auf vereinzelte Fälle fast vollständig zurück."

Über den Artikel amüsierten wir uns köstlich. „Danke, Roberto", sagte ich. „Das Thema passt natürlich zu unserem Treffen. Ein guter Einstieg in das Programm des heutigen Abends." Doch Roberto war noch nicht fertig und wollte noch etwas Wichtiges loswerden. „Lasst mich das nur noch abschließen", unterbrach er mich. „Das geht ganz schnell. Ich muss euch nur noch das Bild zeigen, das zu dem Artikel gehört. Ich glaube, das dürfte für uns sehr interessant sein."

Er legte den Ausschnitt mitten auf den Tisch und wir beugten uns alle neugierig über den Zeitungsartikel des Kreisanzeigers. „Kaum etwas zu erkennen auf dem schlechten Foto, hier bei dem dunklen Kneipenlicht", monierte Martin, nachdem er versucht hatte, mit seiner Lesebrille die beiden Personen auf dem Bild zu identifizieren. Roberto, mit einer Lupe und Lampe bewaffnet, leuchtete das Bild aus und fragte in die Runde: „So, und jetzt nochmal genau hinschauen. Fällt euch da was auf?" „Tatsächlich, beim Anblick der beiden Gesichter erkennt man mit viel Fantasie Beatrix und den Professor, nur halt viel älter", meinte Markus. „Ja, genau, dass könnten die beiden sein", sagte ich. „Vielleicht haben sie doch den Absturz überlebt und sich in den Dschungel abgesetzt."

Auch wenn das jetzt ziemlich spannend war, beschlossen wir, es vorerst dabei zu belassen und wollten später nochmal darauf zurückkommen. Wir wollten uns erst mal mit dem großen Thema beschäftigen, das ja der eigentliche Grund für das von Rüdiger organisierte Treffen war.

„Na, Rüdiger, dann leg mal los. Was hast du auf dem Herzen?", fragte ich, um den Themenwechsel einzuleiten.

„Ich bekam letzte Woche einen Brief direkt vom Bundesministerium der Verteidigung. Er wurde mir als Einschreiben ausgehändigt mit dem Hinweis „Streng geheim". Im Kuvert befand sich ein Schreiben, signiert und abgestempelt vom Verteidigungsminister persönlich, mit der Bitte, an einer hochbrisanten Sitzung im Kanzleramt teilzunehmen. Meine vier Kollegen, die in dem Schreiben ausdrücklich mit ihrem Namen benannt wurden, sollten ebenfalls daran teilnehmen. Aufgrund des Zeitdrucks soll ich die Einladung an euch weiterleiten. Wahrscheinlich finden die Sachbearbeiter eure aktuellen Adressen nirgends, da ihr in letzter Zeit zu oft umgezogen seid. Jedenfalls, steht der Termin und die Einladung unter strengster Geheimhaltung. Ein Grund für das Treffen wurde nicht genannt. Der Termin findet schon übermorgen um 9:00 Uhr statt. Die Tickets für Flug und Hotel lagen dem Kuvert bei." Markus war begeistert und rief voller Freude: „Das gibt ein Riesending! Aber umsonst machen wir erst mal gar nichts! Da muss schon mal eine schöne Fernreise nach Indonesien rausspringen. Wir wollen doch den Professor und Beatrix besuchen, oder?" „Na klar!", da waren wir alle einer Meinung. Wir legten alle Hände gemeinsam auf den Tisch und schlossen einen Pakt: „So machen wir's! Erst mal schauen, was die überhaupt von uns wollen. Bevor wir hier irgendetwas planen, muss das zunächst geklärt sein", bremste ich die Euphorie. Erst die Arbeit, dann das Vergnügen – das war jedem klar.

In Berlin angekommen, wurden wir am Flughafen mit einer Staatskarosse abgeholt. Die Fahrt ging direkt ins Kanzleramt, wo wir nach einer Sicherheitskontrolle in einen kleinen Saal geführt wurden. Hier warteten schon neben einer Handvoll Schlipsträgern auch einige Generäle und Militärbedienstete mit reichlich Lametta auf den Schultern, auf den Beginn der Veranstaltung. Nachdem wir Platz genommen hatten, ging es auch gleich los. Der Verteidigungsminister ergriff ohne Vorstellungsrunde das Wort und kam direkt auf das Thema, von dem wir ja bis jetzt immer noch keine Ahnung hatten. Er stand vorne auf einem kleinen Podest, klappte sein Manuskript auf und ging gleich ans Eingemachte: „Eine neue Studie der Universität München, in enger Zusammenarbeit mit der Charité Berlin, kam zu einem beeindruckenden Ergebnis. Versuche mit Ultraschallwellen haben gezeigt, dass man durch Bestrahlung der Gebärmutter mit verschiedenen Wellenlängen den Hormonhaushalt von Frauen beeinflussen kann. Die Frequenzen, von denen wir sprechen, spielen sich hier in einem ganz kleinen, kaum messbaren Bereich ab, der erst jetzt durch die neue Digitaltechnik kontrollierbar ist. Laune und Stimmung werden bekanntermaßen durch Hormone gesteuert. Eine kaum erforschte Gabe der Natur, die alles nur Denkbare beeinflussen kann. Wer die Steuerung der Hormone beherrscht und sie kontrolliert, kann das Geschehen auf der ganzen Welt beeinflussen. Auch die Entscheidung über Krieg und Frieden."

„Blicken wir auf die einfachen sozialen Verhaltensweisen der indigenen Bevölkerung in den Urwäldern West-Neuguineas. Schauen wir auf die Stämme, die noch den Kannibalismus pflegen. Dort bestimmen die Frauen, wann der Mann wieder auf die Jagd gehen muss, um das nächste Opfer zu finden, zu töten und die Trophäe mit nach Hause zu bringen. Diese Verhaltensweisen haben sich im Vergleich zu unserer modernen Kultur bis heute nicht verändert. So funktioniert das im Prinzip auch heute noch überall auf der Welt. Viele Frauen östlicher Autokraten handeln immer noch unbewusst nach diesem uralten Prinzip aus der Vergangenheit. Da hat sich trotz der fortgeschrittenen Bildung nicht viel geändert. Die meist nur aus dem Hintergrund agierende Frau steuert unsichtbar, aber Zielsicher ihren machtbesessenen Gatten wie eine Marionette, ohne dass er es merkt. Er versucht ihr alles recht zu machen. Hauptsache, die Dame zu Hause macht keinen Stress und ist zufrieden. Völkermorde und sinnlose Kriege werden geführt und die Ursache liegt meistens nur an einer Kleinigkeit: ein fehlgesteuertes Hormon, das die Frau nicht mehr unter Kontrolle hat."

„Und was hat das jetzt mit uns zu tun? Wir sind doch keine Ärzte", unterbrach ich den Verteidigungsminister.

Er schaute mir tief in die Augen und fuhr mich schroff an: „Erst ausreden lassen!" Ich zuckte zusammen. Mir wurde schlagartig klar, dass ich hier nur ein ganz kleines Licht war und nichts zu melden hatte.

Er gab das Wort weiter an einen hochdekorierten Professor für Strahlenphysik von der Universität München. Nach einer kurzen Vorstellung seiner Person und des ihm übertragenen Aufgabenbereichs legte er los. Er hatte eine PowerPoint-Präsentation vom Feinsten vorbereitet. In dieser wurde genauestens dargestellt, wie alle möglichen Verhaltensweisen der Frau durch die Hormone gesteuert werden und wie man sie durch Veränderungen von Frequenzen und Wellenlängen bei Bestrahlungen mit Ultraschall beeinflussen kann. Das war äußerst interessant, aber als er dann versuchte, uns mit mathematischen Formeln und kaum nachvollziehbaren grafischen Diagrammen Erklärungen zu untermauern, kapitulierten wir alle fünf. Das war dann doch eine Nummer zu hoch für uns und wir waren froh, als er dann nach zwei Stunden endlich seinen Vortrag beendete.

In einer kleinen Kaffeepause, in der wir uns auch mit Generälen und weiteren Professoren austauschen konnten, hatten wir das Gefühl, irgendwie fehl am Platz zu sein. Jeder, der uns fragte, wer wir seien und woher wir kämen, wunderte sich und fragte, was wir denn hier zu suchen hätten. Wir konnten aber nur verlegen lächeln und mit den Schultern zucken.

Der nächste Redner war der Chef des BND, der oberste Mann des Bundesnachrichtendienstes. Bevor er loslegte, verwies er noch einmal auf die strengste Geheimhaltung seiner Rede. „Die neue Generation der Online-Vibratoren dürfte hier jedem bekannt sein. Diese Geräte können mittlerweile über kilometerlange Strecken, sogar aus dem Weltraum oder vom anderen Ende der Welt, gesteuert werden. Der Zugriff erfolgt über das WLAN, Internet und Satelliten. Theoretisch könnten wir die komplette Steuerung übernehmen, ohne dass es die Beteiligten bemerken.“

„Na, jetzt wird es ja doch noch interessant“, dachte ich, und schon wurde der nächste Redner nach vorne gebeten. „Irgendwoher kenne ich den“, dachte ich. „Nur woher?“ Ich tippte Martin an und fragte: „Woher kenne ich den Typ? Hast du den auch schon mal irgendwo gesehen?“

„Klar, das ist doch der amerikanische Starverkäufer von der größten Erotikfirma Stick-Inn in den USA. Bei denen läuft's immer noch gut. Ich glaube, der nennt sich Captain Amor.“

Captain Amor legte los, als befände er sich auf einer Verkaufsveranstaltung. Zuerst musste er unbedingt, zum Leidwesen aller Beteiligten, die Verkaufszahlen und den Börsenwert seiner Firma erwähnen. Nach reichlich Eigenlob und dem Hinweis auf den nicht unerheblichen Anteil, den er selbst dazu beigetragen hatte, wurde es spannend.

Plötzlich wurde es mucksmäuschenstill im Saal, als er bekannt gab, dass zu seinen Stammkundinnen auch die Frau eines bekannten östlichen Aggressors gehöre, die jedes Jahr die neuesten Produkte seiner Firma zugesendet bekomme. Sie ließe nichts auf die gute Qualität der amerikanischen Produkte kommen. Was auch passieren möge, sie würde auf Produkte von Stick-Inn schwören und nur diese benutzen, weil sie weltweit unerreicht seien. Auch die neuen Produkte der Frühjahrskollektion im kommenden Jahr hätte sie schon vorbestellt.

„So langsam ergibt alles einen Sinn", dachte ich, aber ich konnte mir immer noch nicht vorstellen, welche Funktion wir jetzt haben sollten und wohin die Sitzung führen sollte.

Der Verteidigungsminister übernahm wieder das Wort, driftete vom Thema ab und erzählte plötzlich von guten alten Zeiten und alten Bekannten, die ihm immer treu zur Seite gestanden hätten. Da fiel ganz unerwartet auch der Name Beatrix Knuse, zu der er immer einen guten Draht hatte. Bis zu ihrem Flugzeugabsturz trafen sich die beiden regelmäßig einmal im Jahr. Wir schauten uns alle fünf verwundert an und konnten uns ein verschmitztes Lächeln nicht verkneifen.

Er erzählte weiter und hatte zur Belustigung aller Anwesenden auch die Geschichte mit Quasimodo auf dem Schirm. Wir wunderten uns, über welche Themen er sich mit Beatrix unterhalten hatte, aber es trug trotz des ernsten Themas zur Auflockerung bei. Jeder im Raum wusste jetzt, wer die fünf Personen im Saal waren, mit denen zu Beginn der Veranstaltung niemand etwas anzufangen wusste.
Über den Bekanntheitsgrad unserer Geschichte waren wir doch sehr überrascht.

Der Minister sprach weiter: „Damals stellte ich Beatrix eine Frage. Es war die Zeit, als es mit ihrer Firma nicht mehr so gut aussah. Sie quälte sich damals zusehends mit dem Gedanken an die bevorstehende Insolvenz. Ich fragte sie: „Beatrix, bitte sag mir, wer sind deine besten Leute in deiner Firma? Wer hat dich nie enttäuscht? Auf wen kannst du dich bis zum bitteren Ende verlassen und für wen würdest du deine Hand ins Feuer legen?" Sie nahm einen Zettel und einen Stift zur Hand und schrieb fünf Namen darauf. Sie zwinkerte mir kurz zu und reichte ihn mir.

Wieder wurde es im Saal mucksmäuschenstill. Der Minister drehte sich zu uns um und ging zwei Schritte auf mich zu. Er schaute mir wieder mit seinem eiskalten Blick tief in die Augen, sodass es mir den Atem verschlug. Er sagte leise, aber für alle Anwesenden deutlich hörbar: „Und genau deshalb seid ihr hier!"

In diesem Moment hatte keiner von uns etwas zu sagen. Es lief mir eiskalt den Rücken herunter. Ein hoher General im Kampfanzug stand auf und stellte sich vorne auf das kleine Podest. Er nahm uns ins Visier und sagte mit lauter Stimme: „Eure Aufgabe ist es jetzt das technisch hochsensible Ultraschallmodul in einen Prototyp der neuesten Vibratorgeneration einzubauen. Das Modell kommt in der Frühjahrskollektion auf den Markt und wurde auch schon von der Gattin des Aggressors geordert. Da bleibt nicht viel Zeit. Ihr habt eine Woche, um ein funktionierendes Gerät zu präsentieren. Die Vibrationseinheit muss während der verschiedenen Programmabläufe störungsfrei mit dem Ultraschallmodul funktionieren. Diese Problematik bekommt der amerikanische Vibratorenbauer in der benötigten Zeit nicht in den Griff. Wir haben euch Fünf geholt, weil wir überzeugt sind, dass ihr es in dieser kurzen Zeit schafft, ein einsatzfähiges Produkt zu entwickeln. Wir haben für euch extra das alte Versuchslabor von Professor Müller auf dem Gelände der Beatrix-Knuse-Vibratorenwerke reaktiviert. Es steht euch zur freien Verfügung. Alles wurde auf den neuesten Stand gebracht, damit ihr morgen gleich loslegen könnt."

„Boah, was für ein Ding…", dachte ich und stellte gleich die Frage: „Sehe ich das richtig? Sie wollen sich in einen Hightech-Vibrator einhacken, der online von einem auf einer

Auslandsreise befindlichen Ostblockpolitiker gesteuert wird, um die Bedürfnisse seiner zuhause gebliebenen Frau zu befriedigen? Und dann, wenn Sie die Kontrolle über das Teil haben, wollen Sie durch Ultraschallwellen den Hormonhaushalt und die Stimmungslage der Frau so beeinflussen, dass der Weltfrieden gerettet wird?"

„Das haben Sie sehr gut erkannt. Ich merke, Sie haben verstanden, worum es geht und wie wichtig dieses Projekt für die Menschheit ist. Wir haben euch ausgewählt, weil wir uns sicher sind, dass wir auf eure Kompetenz und Zuverlässigkeit bauen können. Ihr habt unser vollstes Vertrauen und wir denken, dass es niemanden außer euch gibt, der diese Aufgabe in der kurzen Zeit lösen kann. Wenn ihr erfolgreich seid – wovon wir hier alle natürlich ausgehen – werdet ihr großzügig belohnt. Das ist bereits mit dem Finanzministerium abgeklärt."

Wir blickten alle auf Martin, denn er war derjenige, der sich am besten mit Elektronik auskannte. Er nickte uns nur ganz cool zu und flüsterte leise: „Hab´ schon eine Idee."

„Ok, machen wir", sagte ich kurzentschlossen zur Freude aller Beteiligten. „Nächste Woche stehen wir wieder hier auf der Matte und präsentieren ein einsatzfähiges Gerät."

Der Verteidigungsminister gab uns zum Abschied noch die Hand und sagte zu mir: „Mein Bauchgefühl sagt mir, dass meine gute alte Freundin Beatrix recht hatte und mir nicht zu viel versprochen hat."

Am nächsten Morgen, zurück im alten Beatrix-Knuse-Werk, unserer alten Wirkungsstätte, wurden viele Erinnerungen wach. Es sah alles aus wie früher. Die Maschinen und Testgeräte standen noch an derselben Stelle, fast so, als hätte es hier nie einen Stillstand gegeben. Das geheime Projekt konnte starten. Diesmal hielten wir uns fern von Bier und Schnaps, was angesichts der hohen Priorität unserer Aufgabe sonst womöglich in einer Katastrophe geendet hätte. Die Vorbereitungen waren getroffen, um in der kurzen Zeit ein überzeugendes Produkt auf die Beine zu stellen. Markus hatte den neuen amerikanischen Prototypen ganz früh morgens von einem Sicherheitsdienst in einer verschlossenen Box übergeben bekommen. Die Box beinhaltete das gleiche Modell, das bereits von der Ehefrau des ins Visier genommenen Politikers vorbestellt wurde. Einen Monat später sollte es in die Frühjahrskollektion des Herstellers Stick-In aufgenommen werden.

Nachdem wir den Prototypen aus der Box geholt hatten, wollte Martin, der sich bereits Gedanken über die Elektronik gemacht hatte, seinen Plan vorstellen. „Ich habe gestern Abend noch eine Schaltung entwickelt, die die Antriebseinheit und das Vibrationsmodul vom Ultraschallmodul entkoppelt. Schallwellen und Frequenz verändern sich auch bei einem Spannungsabfall von 50 % nicht.", erklärte uns Martin stolz. „Das funktioniert aber alles nicht, wenn die einzelnen Komponenten nicht schwingungsfrei voneinander getrennt sind, oder?", fragte ich in die Runde. „Ja, genau, das ist der kritische Faktor.", meldete sich Martin zu Wort: „Das Vibrationsmodul würde das Ultraschallmodul durch seine Schwingungen ordentlich durcheinanderbringen." Roberto schob die Pläne beiseite und warf eine labbrige Masse auf den Tisch. „Erinnert ihr euch noch an den Namenlosen? Trixis besten Freund, der sich wie ein Luftballon mit seinem hochflexiblen Kunststoff aufblasen ließ. Ich habe noch etwas von dem Material im Tresor gefunden und es mir nochmal genauer angeschaut. Das Zeug ist aufgrund seiner Molekularstruktur so elastisch, dass es jegliche aufkommende Schwingungen kompensiert. Zudem ist das Atomgitter so grob strukturiert, dass die Ultraschallwellen ohne Verluste nach außen dringen können." Rüdiger hatte bereits den „Amerikaner" geöffnet, um zu sehen, ob überhaupt noch Platz für die verschiedenen Module vorhanden war. „Hey Jungs, da ist ja noch mega Platz. Typisch Amis, da könntest du noch einen SUV drin parken!", teilte er uns euphorisch mit. „Na, das hört sich doch schon vielversprechend an. Los geht's! Lasst uns jetzt zur Tat schreiten!", gab ich den Startschuss zum Projekt. Jeder trug sein Bestes zur Konstruktion bei, die sich über vier Tage hinzog. Am Ende musste nur noch das Ultraschallmodul mit dem Spezialkunststoff in das Gerät eingebaut, alles verschlossen und versiegelt werden. Ein kurzer Trockenlauf auf der Teststrecke sollte ausreichen, um die Apparatur noch termingerecht liefern zu können.

Ich hatte als Überraschung und zur Freude meiner Lieblingskollegen für jeden noch einen Schnaps und ein Bier in einer Kühltasche dabei. Wie früher – das musste jetzt einfach sein - zur Belohnung für unsere gute Arbeit. Während wir entspannt unser Bier tranken, meldete sich Markus noch einmal zu Wort: „Ich spüre, unsere Reise nach West-Neuguinea rückt näher. Ich bin schon mal vorgeprescht und habe Kontakt mit dem Autor des Artikels im Kreisanzeiger aufgenommen. Er stellte sich mir mit seinem Vornamen Helmut vor und war sehr begeistert über die Story, die ich ihm über den Professor und Beatrix erzählt habe. Er war gerührt und gab mir viele gute Tipps für unsere Reise. Und jetzt kommt das Beste: Im Vertrauen teilte er mir mit, dass sie sich bei ihm als Beatrix Knuse und Professor Müller geoutet hatten. Ich habe sogar von ihm die genauen Koordinaten des Dorfes bekommen, in dem die beiden leben. Wir müssen allerdings viel Glück haben, wenn wir sie tagsüber dort antreffen wollen. Sie sind oft in den umliegenden Dörfern unterwegs, um dort die Einheimischen von ihrer Philosophie zu überzeugen." „Das hört sich doch gut an! Aber lasst uns erst mal unseren Job erledigen, dann kümmern wir uns um unsere Reise", unterbrach ich ihn und lenkte wieder zurück auf unsere eigentliche Aufgabe. „Die vom Sicherheitsdienst stehen schon seit Stunden ungeduldig vor dem Werkstor. Kommt, lasst uns das Ding verpacken und den Männern übergeben, damit es rechtzeitig nach Berlin geliefert wird.", forderte uns Rüdiger auf.

Dann hörten wir eine ganze Weile nichts aus Berlin und hegten schon den Verdacht, dass der Auftrag wohl doch nicht erfolgreich war. Doch die Hoffnung stirbt bekanntlich zuletzt. Es war Rüdiger, der eine Nachricht erhielt und sich sofort bei uns meldete: „Wir haben wieder eine Einladung nach Berlin erhalten. Morgen Abend sollen wir uns in der Zentrale des Verteidigungsministeriums melden. Flugtickets sind dabei", gab er bekannt.

Pünktlich zum Termin trafen wir im Ministerium ein und wurden von einem Bediensteten zu einem streng bewachten Raum geführt. Mit den Worten: „Kommt rein, in zehn Minuten geht es los. Wir haben eine Liveschaltung mit dem BND", führte uns ein Mitarbeiter des Ministeriums durch eine Schleuse hinab in ein bunkerähnliches Gewölbe, zu einem abgeschirmten Raum. Der Verteidigungsminister und der Chef des BND waren anwesend und begrüßten uns freudig. „Gratulation, euer Gerät funktioniert perfekt. Wir haben es gründlichst testen lassen. Ihr habt uns nicht enttäuscht, deshalb dürft ihr heute beim ersten Einsatz dabei sein. Wie erwartet, hat die Zielperson das neue Gerät aus der Frühjahrskollektion gekauft. Laut unseren Beobachtungen und Analysen wird der Vibrator heute um 20:00 Uhr zum Einsatz kommen. Wenn man sich bei diesen Diktatoren auf irgendetwas verlassen kann, dann ist es der geregelte Termin für das Stelldichein mit der Partnerin. Ihr habt die Ehre, dabei zu sein und zu erleben, ob der Start erfolgreich verläuft." Um 19:58 Uhr meldete ein Mitarbeiter, der gespannt auf seinen Bildschirm schaute: „Ok, er wählt sich ein. Die Verbindung wird aufgebaut." Zwei Minuten später meldete sich ein anderer Mitarbeiter, der auf der gegenüberliegenden Seite vor einem Monitor saß und so etwas wie einen Schaltknüppel in der Hand hielt: „Alles Roger, wir sind drin. Erfolgreich eingeloggt. Wir haben die komplette Steuerung übernommen." Plötzlich standen alle im Raum laut jubelnd von ihren Stühlen auf und klatschten sich voller Begeisterung ab. So, als hätten sie gerade die erste erfolgreiche Mondlandung geschafft. Wir waren ebenfalls noch voller Euphorie und klatschten kräftig in die Hände. Der Verteidigungsminister trat auf uns zu und forderte uns auf, nun den Raum zu verlassen und absolutes Stillschweigen zu wahren: „Vielen Dank für eure erfolgreiche Arbeit! Wir, unser Vaterland und vielleicht auch bald die ganze Welt, werden euch dafür dankbar sein. Doch jetzt geht's ans Eingemachte. Wie es hier weitergeht, ist streng geheim. Euer Lohn wird euch in den nächsten Tagen auf eure Konten überwiesen."

Eingehackt! Geheime Übernahme der Steuerung (schematische Darstellung)

Die Reise in eine andere Welt

Während des knapp 12-stündigen Flugs nach Jayapura in West-Neuguinea las uns Markus einen Artikel aus der Tageszeitung vor: „Hört euch das an, ganz vorne auf der ersten Seite, es beginnt mit der Überschrift: Der Osten nähert sich der NATO und ist bereit zu Friedensgesprächen. Beim gestrigen Gipfeltreffen der Weltfriedensorganisation kamen hochrangige Politiker der größten Nationen zusammen. Im Gegensatz zu den hitzigen Debatten beim letzten Treffen suchte man diesmal in entspannter Atmosphäre nach Lösungen für

Friedensverhandlungen. Es wurden Verträge unterzeichnet, die den Abzug von Militär aus Krisengebieten vorsahen. Abrüstungsvereinbarungen wurden manifestiert. Soldaten sollen für den Wiederaufbau ausgebildet werden und die Aufwendungen für die Finanzierung der Reparationen soll durch Energieverkäufe erwirtschaftet werden.“

„Wow“, meinte Roberto, „der wahre Antikriegsslogan ‚Make love, not war‘ aus den 1960er Jahren gewinnt wieder eine ganz neue Bedeutung, wenn auch aus einer anderen Perspektive.“

„Meint ihr, wir haben auch einen Beitrag dazu geleistet?“, fragte Rüdiger in die Runde.

„Auf jeden Fall!“, waren wir uns alle sicher. Nun konnten wir mit gutem Gewissen unsere Abenteuerreise fortsetzen.

Martin hatte ebenfalls etwas zu berichten: „Ich habe auch noch einen interessanten Artikel gefunden, der eigentlich noch besser zu unserer Reise passt. Er ist zwar ein wenig makaber, aber ich möchte ihn euch nicht vorenthalten.“

„Na, dann lies mal vor!“, forderte Markus ihn auf.

„Hier steht zufällig ein Artikel in unserem Kulturanzeiger über den Götterkult bei den indigenen Ureinwohnern von West-Neuguinea: Verdiente Stammesälteste und Häuptlinge werden von ihrem Volk verspeist und dadurch zu Göttern ernannt. Erst wenn das Fleisch hochrangiger Dorfbewohner von ihren Untertanen verzehrt wurde, erreichen die Auserwählten den höchsten Status, den sie in ihrem Volk erlangen können.“

Rüdiger unterbrach ihn: „Ach komm, hör´ auf. Wen willst du damit noch schocken? Das ist doch ein uraltes Ritual. Damit kannst du nicht mal mehr ein Kindergartenkind erschrecken.“

„Martin ist eben immer für einen Lacher gut.“, sagte Roberto. „Wir sollten uns jetzt lieber Gedanken über die erstaunten Gesichter von Beatrix und dem Professor machen, wenn sie uns wiedersehen. Die werden ganz schön große Augen machen.“

„Darauf kannst du Gift nehmen. Das wird ein Riesenspaß, wenn wir da auftauchen. Damit rechnen die nie!“, fügte Markus lachend hinzu.

Am Flughafen in Jayapura wurden wir von Kurt, einem deutschen Auswanderer, der seit 15 Jahren in Indonesien lebte, mit einem alten Land Rover abgeholt. Unser Tourguide, der die Sprachen der Motu studiert hatte, war Mitte 40 und fungierte auch als unser Dolmetscher. Rüdiger hatte dies schon vor unserer Abreise bestens organisiert. Obwohl Kurt scheinbar die Landessprache perfekt beherrschte, erwähnte er gleich zu Beginn, dass jedes Dorf seinen eigenen Dialekt spricht, was die Übersetzung erschweren könnte.

Die ersten vier Stunden Autofahrt führten uns über schmale, holprige Straßen und durch kleine Dörfer. Es ging vorbei an Obstplantagen und Getreidefeldern, die den Einheimischen als Haupteinnahmequellen dienten. Mit dem Verkauf ihrer Waren hatten sich viele einen kleinen Wohlstand aufgebaut. Die Straßen wurden zunehmend schlechter und auf den längs in Fahrtrichtung angebrachten Sitzbänken des alten Land Rover Defender wurden wir ordentlich durchgeschüttelt. Die Räder des Allradwagens sanken immer tiefer in den Schlamm und wir wunderten uns, dass der Jeep überhaupt noch vorwärtskam, obwohl die Räder immer wieder durchdrehten. Auf einer kleinen Lichtung stoppte Kurt und sagte: „Ab hier geht's nicht weiter, wir müssen den Rest zu Fuß gehen.“ Er verteilte Rucksäcke und kontrollierte unsere Kleidung, ob wir alles dicht zugeknöpft hatten, um uns vor Insekten und anderen Tieren zu schützen. „Wir haben heute noch einen dreistündigen Marsch vor uns. Übernachten werden wir in einer kleinen Bambushütte, die ich gestern vorbereitet habe. Wir müssen jetzt eng zusammenbleiben und auf keinen Fall vom Weg abkommen. Hier gibt es die Tapir, die giftigste Schlange der Welt, sowie Spinnen und andere gefährliche Tiere. Wenn ihr auf mich hört, wird euch nichts passieren.", ließ Kurt verlauten.

Auf dem beschwerlichen Weg kamen wir mit Kurt ins Gespräch und er erzählte uns viel über die Kultur und das Leben der indigenen Bergvölker in West-Neuguinea. Es gebe dort noch unentdeckte Stämme, die noch nie mit der Zivilisation in Berührung gekommen seien. Begegnungen mit diesen Gruppen sollten wegen des immer noch praktizierten Kannibalismus strikt vermieden werden. Die Pupau, die wir am nächsten Tag besuchen wollten, hätten sich jedoch durch den zunehmenden Abenteuertourismus weitestgehend zivilisiert. „Ihr braucht keine Angst haben, verspeist zu werden", sagte Kurt lachend.

Auf die Frage, wie wir uns verhalten sollten, antwortete Kurt: „Solange ihr euch nicht über die Ureinwohner lustig macht, wird nichts passieren. Aber wenn ihr euch über den Penisschmuck der Männer oder die Hängebrüste der Frauen amüsiert, landet ihr schnell im Kochtopf.", schmunzelte er. „Selbst in den Bergdörfern hat inzwischen etwas Zivilisation Einzug gehalten. Durch den fortschreitenden Tourismus werden die alten Traditionen nicht mehr so gelebt wie vor 30 Jahren. Von Kannibalismus hat man lange nichts mehr gehört. Die traditionelle Herstellung von Schrumpfköpfen und der Götterkult sind bei der Jugend nicht mehr beliebt. Früher mussten Forscher noch Menschenfleisch mit den Einheimischen essen, um bei den Häuptlingen Akzeptanz zu gewinnen. Dies ist heute unvorstellbar."

„Wovon ernähren sich denn die Pupau jetzt?", wollte ich wissen. „Die Männer der Pupau sind Jäger und bringen verschiedene Wildtiere von ihrer Jagd ins Dorf zurück. Darunter befinden sich auch Schlangen, Eidechsen und anderes Getier.

Hauptsächlich leben sie jedoch von den Larven einer bestimmten Schmetterlingsart, die sich im Mark des Bambusbaumes einnisten und sich dort entwickeln. Diese Larven sind etwa vier bis fünf Zentimeter groß und reich an Fett und Proteinen. Sie werden gedünstet oder roh über den Tag hinweg wie eine Delikatesse gegessen.", antwortete Kurt. „Naja, man muss ja nicht alles essen, was aufgetischt wird. Wenn man einfach nur das Gemüse und Obst isst, ist das auch in Ordnung, oder? Es ist noch keiner daran gestorben, wenn er sich mal drei Tage nur von Bananen ernährt", warf Roberto ein.

Die Nacht in der Bambushütte verlief entspannt und ruhig. Trotz der ungewohnten Geräusche der Wildnis fielen uns kurz nach dem Einsteigen in die Hängematten die Augen zu. Wir schliefen tief und fest und erholten uns prächtig von den Strapazen des Aufstiegs. Früh am Morgen, nach einem kräftigen Kaffee und etwas Obst, waren wir bereit für die letzte Etappe. Etwa vier Stunden Marsch lagen noch vor uns. Unser Ziel, das kleine Dorf im Urwald, wo wir ein Wiedersehen mit Beatrix und dem Professor feiern wollten, rückte immer näher.

Vor uns öffnete sich eine Lichtung. Weißer Rauch zeugte von munterem Dorfleben. Viele Kinder sprangen umher. Als sie uns sahen, liefen sie freudig auf uns zu. Sie nahmen uns bei den Händen und führten uns ins Zentrum des Geschehens. Dort wurden wir von jungen Mädchen empfangen, die uns Blumenkränze um den Hals legten, als hätten sie schon die ganze Zeit auf uns gewartet. Welch ein herzlicher Empfang! Das ganze Dorf hatte sich herausgeputzt. Die Bambushütten waren geschmückt und alles strahlte. Kurt meinte: „Heute Abend findet ein Taff statt, also ein großes Fest. Sie treffen gerade die letzten Vorbereitungen dafür." „Mich würde eher interessieren, wo sich Beatrix und der Professor aufhalten. Kurt, kannst du bitte fragen, wo die beiden sind?", fragte Rüdiger. „Ja, das mache ich sofort, nachdem wir uns dem Häuptling vorgestellt haben. Alles andere wäre jetzt respektlos und unhöflich." Der Häuptling saß auf einem kleinen Thron in der größten Bambushütte des Dorfes. Er begrüßte uns freundlich und bat uns, auf einer Matte neben ihm Platz zu nehmen. Es war unmöglich, jetzt noch Fragen zu stellen, denn wir wurden sofort mit sämtlichen Spezialitäten des Dorfes reichlich versorgt. Darunter natürlich auch die riesigen Larven, fünf Stück aufgespießt auf einem kleinen Holzspieß, zum Abnagen, ähnlich wie Schaschlik am Spieß, nur eben noch lebendig und zappelnd. Dazu gab es einen schmackhaften Eintopf mit einer undefinierbaren Fleischeinlage. Wir waren uns alle einig: Augen zu und durch! Wir vermittelten den Dorfbewohnern, dass alles sehr gut schmeckte und so wurde immer mehr aufgetischt, bis wir nicht mehr konnten und kurz vorm Platzen waren. Zum Trinken gab es irgendein alkoholhaltiges Gebräu, von dem wir später noch erfahren sollten, wie es hergestellt wurde. Immer wieder füllten die Dorfbewohner unsere Becher und dank des gleichzeitigen Genusses der Friedenspfeife, die irgendein Opiat enthielt, waren wir langsam ordentlich benebelt. Schließlich fasste ich mir ein Herz und zeigte den Frauen, die neben mir saßen, ein Foto, auf dem Beatrix und der Professor zu sehen waren. Ihre Augen weiteten sich und sie strahlten mich an. Sie sagten immer wieder „Tuhan" und hielten ihre gefalteten Hände zum Himmel. Ich fragte Kurt, was das Wort „Tuhan" bedeutet. Er erklärte mir, dass es so viel wie „Gott" oder „Götter" heißt. Ich dachte nur, dass es die beiden ja schon ganz schön weit gebracht hatten mit ihrer Dildo-Knochenschnitzerei. Es wird langsam Zeit, dass sie von ihrer Unternehmung zurückkamen und sich uns und der Feier anschlossen.

Mission erfüllt: eine Ikone wird zur Göttin

Das Fest war bereits in vollem Gange, als wir völlig benebelt aus der Bambushütte des Häuptlings hinaustraten. Markus sagte: „Kommt, wir holen uns noch so ein komisches Getränk und dann geht's weiter zur Party. Schmeckt doch gar nicht so schlecht, das Zeug und haut auch ganz gut rein." „Da vorne ist der Pott, in dem das Gebräu hergestellt wird, da können wir gleich mal schauen, was da alles reinkommt", meinte Roberto. „Interessant, warum stehen die alle Schlange?", fragte Rüdiger und stellte sich mit uns hinten an. Was wir jetzt zu sehen bekamen, war unglaublich. Die alten Frauen schnitten ständig irgendwelche Wurzeln und warfen sie in den großen Topf. Gleichzeitig spuckten und rotzten die Dorfbewohner nacheinander in das Gefäß. „So, jetzt sind wir dran!", meinte Kurt. „Das ist hier Tradition. Jeder muss mitmachen, sonst bringt das Unglück. Auf geht's, das fördert den Gärungsprozess!" Mittlerweile hatten wir genug von dem Zeug intus, sodass uns jegliches Gefühl von Ekel abhandengekommen war. Also spuckten wir eine große Ladung Speichel in den Kübel und ließen unsere Becher bis zum Rand auffüllen.

Die Trommler legten sich immer mehr ins Zeug, der Rhythmus ging ins Blut und wir tanzten ausgelassen im Takt der Bongos. Wir fühlten uns den Pupau zugehörig und genossen die Anerkennung der Dorfbewohner. Die Zeit verflog, wir tranken und rauchten weiter und vergaßen dabei den eigentlichen Grund unseres Besuchs.

Erst spät in der Nacht wurde auf dem großen Festplatz, der in der Mitte des Dorfes zum Zentrum des Geschehens geworden war, das Treiben ruhiger. Noch immer berauscht von dem Punsch und dem Rauch der Opiumpfeife versuchten wir, langsam herunterzukommen. Schweißgebadet und immer noch voll von Adrenalin lagen wir uns in den Armen und atmeten tief durch, erfüllt von dem Gefühl, einen wundervollen Abend erlebt zu haben. Wir beobachteten, wie das Feuer langsam erlosch und der große, pompöse Altar, der bisher im Schatten der Flammen lag, nun immer deutlicher zum Vorschein kam. Die Pupau begannen, Opfergaben abzulegen. „Kommt, wir schauen uns das mal von Nahem an", sagte Markus und Rüdiger stimmte zu. Also rafften wir uns auf und gingen zu dem prächtig geschmückten Altar.

Es herrschte wieder reges Treiben. Jeder Dorfbewohner wollte etwas Besonderes zu Ehren der Götter opfern. Geduldig warteten wir, um als Gäste nicht unangenehm aufzufallen, bis der letzte Dorfbewohner seine Gabe abgelegt hatte. Schließlich konnten wir in Ruhe nach vorne gehen. Es war schwierig, bei der Dunkelheit und dem Rauch des erloschenen Feuers etwas zu erkennen, doch als wir direkt vor dem Altar standen, konnten wir alles genau betrachten. Wir bekamen zittrige Knie, als wir erkannten, was hier so verehrt wurde. Auf Bambusstöcken steckten zwei Schrumpfköpfe, liebevoll mit Blumenkränzen, Schnitzereien und bunten Steinen geschmückt. Roberto tippte mir auf die Schulter und sagte: „Hast du dir die Schrumpfköpfe genauer angesehen? Kommen dir die beiden nicht bekannt vor?" „Du hast Recht! Auch wenn sie aussehen wie aufgespießte Trockenpflaumen – die Frisuren und die Mimik sind unverkennbar. Meinst du etwa…?" Meine Stimme zitterte. In diesem Moment fingen die Trommler wieder an zu schlagen und eine uralte Frau, offensichtlich die Stammesälteste, schritt langsam zum Altar. Auf einem Kissen trug sie eine weitere Opfergabe. Die Pupau begannen wieder zu singen, als die Alte eine Kette von dem Kissen nahm und sie über die Schrumpfköpfe legte. An der Kette hing ein Amulett, aus

Knochen geschnitzt. Wir gingen noch einen Schritt näher heran, um das Symbol auf dem Amulett zu erkennen. Sofort erkannte ich es wieder: ein Alptraum – der lange Zeiger, der kurze Zeiger und der schnelle Zeiger. Uns verschlug es die Sprache! In diesem Moment wussten wir sofort: Wir müssen so schnell wie möglich hier weg. Zielstrebig gingen wir zurück zu unserem Lager und suchten Kurt. Wir fanden ihn besinnungslos im Opiumrausch, zusammengerollt in seiner Hängematte. Markus rüttelte ihn wach. Es dauerte eine Weile, bis er die Augen öffnete und halbwegs bei Sinnen war. Mit lauten Erklärungen, die er in diesem Moment kaum verstand, drängten wir ihn, dass wir möglichst früh aufbrechen wollten. Uns war plötzlich ganz mulmig zumute und wir wollten keine Minute länger bleiben.

Das Ende und alles erreicht!
Ein Sternenbild taucht am Nachthimmel auf und weist den Weg

In dieser Nacht konnte keiner von uns ein Auge zu machen. Wir wagten nicht einmal, darüber nachzudenken, was die Pupau mit uns vorhatten. Ich lag in der Hängematte und starrte an die Decke, während mir durch den Kopf ging, wie es wohl Beatrix und dem Professor kurz vor ihrem Tod ergangen war. Beatrix und der Professor hatten es hier bei den Pupau bis zum höchsten erreichbaren Status geschafft. Getrieben von ihrer Ideologie, wurde Beatrix sogar zur Göttin erhoben – verehrt von einem Volk, das sie beide mit ihrer Arbeit und Überzeugung beglückt hatten. Zum Dank mussten sie sterben, um die höchste Stufe der Kultur zu erreichen. Vielleicht war es das, was sie wollten? Jetzt, als Götter, sind sie für die Pupau unsterblich und werden ewig verehrt. Die beiden hatten lange genug hier gelebt und kannten die Traditionen und die damit verbundenen Risiken. Aber darf man die Pupau dafür verurteilen? In ihrer Welt haben sie das Recht, ihren Glauben und ihre Kultur zu leben. Jeder, der hierherkommt, ob Forscher oder abenteuerlustiger Tourist, muss das akzeptieren - auch wenn uns das Verständnis für ihre Gesetze und Rituale, die seit Jahrhunderten Bestand haben, fehlt.

Langsam wurde es hell und die ersten Sonnenstrahlen drangen durch das geflochtene Dach der Bambushütte. Kurt stand auf und flüsterte leise: „Auf, wir müssen los!"

Auf's **Kreuz gelegt**

Es war ungefähr vier Uhr morgens. Uns war allen bewusst, dass wir das Dorf möglichst unauffällig und geräuschlos verlassen mussten. Dementsprechend vorsichtig schlichen wir uns an den Bambushütten und dem Dorfplatz vorbei. Ich schaute nochmal hinüber zu dem Platz, auf dem die Asche des erloschenen Feuers immer noch ein wenig rauchte. Die lange Nacht schien den Dorfbewohnern noch in den Knochen zu stecken, denn keiner der Einwohner hatte sich bereits so früh aus seiner Unterkunft bewegt. Zum Glück hatten die Pupaus nicht gemerkt, dass ihre Gäste bereits eine Vorahnung davon hatten, was ihnen blühen könnte.

Nachdem wir den Rand des Dorfes erreicht hatten, teilte Kurt uns seinen Plan mit: „Wir nehmen einen anderen Weg zurück. Der ist zwar etwas unwegsamer, aber die Pupaus werden denken, dass wir uns auf dem offiziellen Weg befinden. Wir werden dadurch auch einiges an Zeit sparen. Wenn wir uns ranhalten, können wir bis heute Abend den Land Rover erreicht haben. Sobald die Pupaus bemerken, dass wir geflüchtet sind, werden sie ausschwirren und alles daran setzen, uns einzuholen. Sollten sie das schaffen, dann Gnade Gott", ermahnte uns Kurt im gleichen Atemzug.

Die Angst im Nacken trieb uns vorwärts und wir hielten ein ordentliches Tempo vor. Kurt, der vorweg marschierte, hatte immer einen Abstand von fünf bis zehn Metern zu uns, um uns zum schnelleren Tritt zu motivieren. Ich dachte mir: „Wenn sogar er Angst hat, eingeholt zu werden, wird das schon seinen Grund haben!" Nach einer Stunde flotten Fußmarsches wurde die Lage langsam entspannter und wir wogen uns zunehmend in Sicherheit. Das Schlimmste schien überstanden zu sein und es kamen die ersten Gespräche auf. Ich fragte unseren Tourguide: „Hey Kurt, was denkst Du, was das für ein Fleisch in dem Eintopf war? Ich mache mir da schon die ganze Zeit so meine Gedanken."

„Du kannst mir glauben, darüber habe ich mir auch schon Gedanken gemacht. Ich bin mir sicher, dass euch der Eintopf auch geschmeckt hat. Vermutlich hatten die Frauen der Pupaus ganze Arbeit geleistet und ihr ganzes Können bewiesen, damit wir einen Beitrag für den Götterstatus eurer beiden Ex-Chefs leisten konnten.", antwortete Kurt emotionslos. Ein wenig hilflos schauten wir fünf uns an und mir wurde ganz flau im Magen. Wir marschierten die nächste Zeit, ohne ein Wort zu verlieren, weiter.

Je näher wir uns dem Parkplatz des Land Rovers - dem Ausgangspunkt unseres Marsches - näherten, desto sicherer fühlten wir uns. Wir waren froh, dass wir noch einmal die Kurve gekriegt und überlebt hatten. Doch Kurt machte nach wie vor einen gehetzten Eindruck. Er trieb uns weiter voran, indem er immer noch schnellen Schrittes vorweg marschierte: „Auf, kommt - es ist nicht mehr weit! Wenn wir uns ranhalten, haben wir es in einer Stunde geschafft."

Doch gerade in diesem Moment, in dem wir fünf uns sicher waren, dass wir es geschafft hatten, passierte es. Ohne Vorwarnung schlug die Falle zu. Wir traten plötzlich ins Leere und stürzten in die Tiefe. Es war auf einmal dunkel und still. Wir lagen auf dem Boden in einer Grube, gefangen, hilflos und verloren. Ich kann nicht sagen, wie lange es gedauert hatte, bis wir realisierten, was geschehen war. Wir standen auf, schüttelten uns kurz und schauten nach oben. Kurt stand am Grubenrand und blickte auf uns herunter. Er hatte riesiges

Glück gehabt. Als er mit Abstand vor uns lief, hatte die Abdeckung der Falle dem Druck seines Gewichtes noch standgehalten. „Hey, seid ihr alle in Ordnung? Geht´s euch gut?", rief Kurt oben von der Grubenkante fragend zu uns herunter. Wir schauten uns kurz an. Zum Glück hatte sich niemand von uns verletzt. „Wir sind alle in Ordnung!", rief Rüdiger ihm zu. „Hier unten ist zum Glück alles mit Blättern und Moos gepolstert." „Wir sind verhältnismäßig weich gefallen.", ergänzte Roberto. Ich schaute mir die glatten, lehmigen Wände der etwa drei Meter tiefen Grube an. „Keine Chance, hier raus zu kommen. Man kann sich nirgendwo festhalten. Hast du irgendeine Idee, Kurt?", rief ich zu ihm nach oben. Wir hatten sofort registriert, dass er in diesem Moment die einzige Person war, die uns aus dieser aussichtslosen Situation befreien konnte.

Kurt überlegte einen Augenblick und sagte dann: „Ich sehe nur eine Möglichkeit, wie ich Euch da rausholen kann. Wenn ich mich beeile, kann ich den Land Rover in einer halben Stunde erreichen. Ich habe im Kofferraum eine Kiste mit einem dicken Seil, mit dem ich versuchen könnte, euch herauszuziehen. Haltet durch! Ich marschiere gleich los und versuche so schnell wie möglich, wieder hier zu sein." Und schon war er weg und ließ uns mit unserer Angst alleine. Jede Minute, die wir warten mussten, kam uns vor wie eine halbe Ewigkeit. Wir hatten aber keine andere Chance, als auf die Rückkehr von Kurt zu warten. Nach etwa 20 Minuten hörten wir markerschütternde Schreie: „Eihjahh…uh..uh..uh." Sie wurden immer lauter, weil sie vermutlich der Falle und damit uns immer näher rückten. „Eihjahh…uh..uh..uh!", wir erkannten die Laute sofort, es waren eindeutig die Jagdschreie der Pupaus, mit denen sie während der Jagd die Wildtiere aufscheuchten und sie in die Enge trieben. Es dauerte nicht lange und der erste Papua schaute von oben auf uns hinab. Er trug eine

Kriegsbemalung, bei deren Anblick es uns angst und bange wurde. Durch einen johlenden Schrei: „Eih-jahh…uh..jah..jah!" teilte er seinen Stammesbrüdern mit, dass er die Beute gefunden hatte.

In diesem Moment waren wir uns sicher, dass unser Ende gekommen war.

Die Jäger versammelten sich oben am Grubenrand und schauten von allen Seiten auf uns herunter. Zwei Pupaus sprangen zu uns hinab. Sie fesselten jeden Einzelnen von uns mit Tauen aus Lianen. Dann wurden wir aus der Grube gezogen und der mühselige Rückmarsch ins Lager erfolgte. Dort angekommen hatten wir diesmal keinen großartigen und herzlichen Empfang. Wir wurden sofort nach unserer Ankunft an Pfähle gefesselt, die bereits auf dem Dorfplatz aufgestellt waren. Die Stammeskrieger standen in einer Reihe und stampften mit ihren langen Speeren auf den harten Lehmboden im Takt der Trommelschläge. Diesmal traf uns der ganze Hass der Pupaus. Von Gastfreundschaft war jetzt nichts mehr zu spüren.

„Jetzt müssen wir dran glauben", dachte ich voller Angst. „Fast wären wir ihnen entkommen, doch jetzt sind wir ihre nächsten Opfer."

Es war bereits früh am Abend und es wurde langsam dunkel. Ein riesiger Topf von der Größe eines großen Fasses wurde über einem Holzstapel aufgestellt, der mit einer Fackel angesteckt wurde. Die Pupaus begannen im Takt der Trommelschläge zu tanzen. Dabei sprangen und hüpften sie wieder wie am Tag zuvor im Lichte der lodernden Flammen des Lagerfeuers. Die Schläge der Trommeln wurden lauter und der Rhythmus schneller. Gesänge wurden angestimmt, die Stimmung stieg an und die Tänzer fielen nach kurzer Zeit wieder in Ekstase. Alles genauso wie am Tag zuvor, nur diesmal waren wir in der Opferrolle.

Im hellen Schein des Feuers tauchten aus dem Dunkeln plötzlich vier blutrot bemalte Gestalten auf, die alle furchterregende Totenmasken trugen. Sie kamen auf uns zu und führten direkt vor unseren Augen im Rhythmus der Trommeln einen wilden Tanz auf. Dabei hielten sie in ihren Händen diese handgeschnitzten Knochendildos und schlugen sie im Takte der Trommeln wie Klanghölzer aneinander. Sie unterbrachen das Schlagen in unregelmäßigen Abständen und führten mit ihnen anzügliche, gar obszöne Bewegungen aus.

Ich schaute voller Angst dem wilden Tanz zu. Dabei vertiefte sich das bittere Gefühl in mir, dass meine letzte Stunde geschlagen hatte. Ich blickte rüber zu meinen Freunden. Alle waren kreidebleich, standen da wie gelähmt und zitterten vor Angst. Martin weinte jämmerlich und stammelte immer wieder den Namen seiner Liebsten: „Hiltruuuuud".

Neben uns stand der riesige Topf, in dem das Wasser langsam zu sieden begann. „Die Einwohner werden uns bestimmt bald hineinwerfen und abkochen.", dachte ich.

Wie gerne hätten wir auf diese Abenteuerreise verzichtet, wenn wir gewusst hätten, wie sie endet.

Immer wieder traten die vier Gestalten mit den Totenmasken an uns heran und bauten sich vor uns auf, als wollten sie uns aufzeigen, wie hilflos wir ihnen ausgeliefert waren. Seitlich neben ihnen tanzten weitere Dorfbewohner. Sie griffen regelmäßig mit ihrer Hand in einen Lederbeutel, den sie bei sich trugen. Darin befand sich ein Pulver, welches, nachdem sie es ins Feuer warfen, eine kleine Stichflammen erzeugte. Der dabei entstehende heiße Dampf brannte in den Augen und raubte uns den Atem. Der Takt der Trommeln wurde immer schneller und die Gesänge der Pupaus immer lauter. Der Häuptling trat hervor. Er hielt in beiden Händen eine große Menge des Pulvers und warf es vollständig ins Feuer. Eine riesige Stichflamme erleuchtete den Platz. Wie ein Blitz stach die Helligkeit in unsere Augen. Für kurze Zeit waren wir wie erblindet und wir sahen bis auf dunkle Schatten überhaupt nichts mehr. Als der Rauch der Flammen sich verzog, konnten wir langsam wieder etwas erkennen. Die vier Gestalten hatten sich direkt vor uns aufgebaut. Es war ganz still, der Gesang und die Schläge der Trommeln waren verstummt. Die erste der vier Gestalten trat vor und nahm seine Totenmaske ab. Was war das?... Ich erkannte Kurt, wo kam der denn jetzt her? Die zweite Maske fiel. Wer war das jetzt? Es war auf keinen Fall ein Einheimischer aus dem Dorf. Er machte eher einen westeuropäischen Eindruck. Ich hörte Rüdiger sagen: „Das ist Helmut, der Redakteur vom Kreisanzeiger, der den Zeitungsartikel geschrieben hatte. Mit ihm hatte ich mich doch getroffen. Ich hatte mit ihm über unsere Reise gesprochen. Er war es, der mir die Koordinaten des Dorfes gab. Doch dann wurde es noch dramatischer! Schließlich legten auch die zwei anderen Gestalten ihre Masken ab. Ich konnte es nicht glauben! Es waren Beatrix und der Professor Müller! Quicklebendig strahlten sie uns an. Mir fehlten die Worte in dieser unglaublichen Situation. Beatrix, der Professor, Kurt und dieser Helmut lagen sich lachend in den Armen. Hatte mich jetzt das Zeitliche schon gesegnet oder handelte sich hier alles um einen verrückten Traum? Nein, hier war alles echt, man hatte uns an der Nase herumgeführt. Die vier Gestalten und der ganze Stamm, alle steckten unter einer Decke. Ein riesiges Gelächter…., jeder hier hatte das Spiel mitgespielt, alle Stammesmitglieder, die Kinder und die Alten, einfach alle.

Von Gastfreundschaft keine Spur! Die misslungene Flucht

Unsere Fesseln wurden gelöst. Beatrix und der Professor gingen auf uns zu und nahmen uns in den Arm. „Schön, dass ihr da seid, wir freuen uns so sehr. Und vielen Dank, dass ihr bei unserem Spektakel als Versuchskaninchen mitgespielt habt. Es tut uns wirklich leid, dass ihr als Opfer herhalten musstet", rang Beatrix um Erklärungen. Darauf fügte der Professor noch hinzu: „Sorry, aber ihr musstet für einen Testlauf herhalten. Wir wollten gemeinsam mit den Pupaus etwas ausprobieren, da wir zusammen mit ihnen ein Startup für authentische Abenteuerevents gründen wollen. Es war ein unglaublicher Zufall. Es hatte alles so wunderbar gepasst, weil gerade ihr euch bei Helmut auf seinen Zeitungsartikel gemeldet hattet. Von da an haben wir uns dann alle richtig Mühe gegeben für das Programm, das wir mit euch durchtesten wollten. Jetzt sind wir alle total happy, dass das alles so gut geklappt hat."

Wir fünf waren sprachlos, aber irgendwie auch erleichtert. Es dauerte einen Augenblick, bis wir das alles verdaut hatten, doch dann konnten auch wir uns vor Lachen nicht mehr halten. Wir nahmen uns alle in den Arm. Wir waren gerührt und es flossen dicke Freudentränen.

In den folgenden Stunden erzählten Beatrix und der Professor viele spannende Geschichten von ihrer Zeit bei den Pupaus. Aber auch wir hatten viel zu erzählen, darunter auch meine Wanderung im Himalaya mit der Entdeckung des Flugzeugwracks. Die Story unserer Entwicklung des ferngesteuerten Vibrators für den BND in der alten Werkstatt von Professor Müller durfte natürlich auch nicht fehlen. Die Zeit verging wie im Flug. Es wurde spät und wir wollten uns in der uns zugewiesenen Hütte schlafen legen. Der Tag war anstrengend und unser Rückflug für den nächsten Abend war auch schon gebucht.

Eine kritische Frage an Beatrix brannte mir unter den Nägeln: „Beatrix, euer Startup ist für dich als Geschäftsfrau bestimmt sehr lukrativ? Findet ihr es in Ordnung, wenn durch eure scheinbar immer noch große Sucht nach wirtschaftlichem Erfolg eine weitere indigene Gruppe ihrer Existenz bedroht ist?"

Doch Beatrix hatte auch darauf sofort die passende Antwort parat, mit der ich vorerst leben konnte: „Wisst ihr, hier oben bei den Pupaus ist die Zeit auch nicht stehen geblieben. Mittlerweile sind die jungen Leute durch die modernen Medien auch auf dem aktuellen Stand. Es hält sie hier nichts mehr. Sie wollen runter in die große Stadt und dort ihr Glück versuchen,

Geld verdienen und erfolgreich sein. Sie wandern aus und lassen die Alten hier alleine zurück. Unsere Geschäftsidee kommt nicht von ungefähr. Ihr könnt uns glauben, der Professor und ich, wir haben uns hier mittlerweile von jeglichem Reichtum weit entfernt. Uns geht es jetzt nur noch darum, wie wir das Dorf und die Familien auf möglichst lange Sicht zusammenhalten können. Durch die verschiedenen Events, die wir zusätzlich noch auf dem Plan haben, wollen wir versuchen, den Nachwuchs der Pupaus hier oben zu halten. Wir wollen die jungen Leute mit einem guten und sicheren Arbeitsplatz ausstatten und ihnen das Gefühl geben, hier in den Bergen eine sinnvolle Tätigkeit auszuführen. Viele von ihnen fanden es ganz toll, dass sie weiterhin verantwortungsvoll mit ihren Familien die über viele Generationen gewachsene Kultur weiterleben können." Da hatten wir erst einmal keine Einwände.

Am nächsten Morgen verabschiedeten wir uns von Beatrix und dem Professor. Beatrix hatte noch eine große Bitte: „Ihr dürft niemanden auch nur ein Wort von unserer Existenz erzählen. Wir gelten immer noch als vermisst und das soll auch unbedingt aus den verschiedensten Gründen so bleiben. Hier oben haben die Pupaus uns ins Herz geschlossen. Wir sind hier die zwei deutschen Auswanderer mit verrückten Ideen. Hier ist jetzt unser Zuhause und wir werden hier niemals wieder weggehen."

Das versprachen wir und machten uns gemeinsam mit Kurt und Helmut auf den Heimweg. Sie begleiteten uns noch sicher bis zum Flughafen, an dem wir uns dann auch von ihnen verabschiedeten. Während des Rückflugs war es sehr ruhig. Wir verloren kaum Worte untereinander. Jeder beschäftigte sich auf seine Weise damit, das Erlebte zu verarbeiten. Als wir uns nach der Landung in Frankfurt trennten, klatschten wir uns ohne viele Worte zu verlieren nochmal ab. Wir waren uns einig: **„Mit unserer Berufswahl hatten wir alles richtig gemacht!"**

Besuch im Elternhaus: Hasenbraten mit Rotkraut und Thüringer Klös

Die Qual der Wahl

**Motorradtreffen
Frunsbüttel
mit Soundcheck**

Diese leere Seite
trauert

um alle Bilder, die bei
der Rezension des
Verlegers durch das
Raster fielen. Sie
konnten leider auf-
grund pornographi-
scher Inhalte nicht
veröffentlicht werden.

„*Trinkhallentour Frankfurt*" *Auch heute immer noch ein Erlebniss*

Spendenaufruf!

Mit dem Kauf des Buches
„**DINRINWENDIVUZUENG**"
kommt eine Spende von **0,69 Cent** der
>Long-Dong-Gold-Foundation<
zugute.

Was ist die **>Long-Dong-Gold-Foundation<?**

Die **>Long-Dong-Gold-Foundation<** kümmert sich um all diejenigen, die unglaublich seelisches Leid aufgrund ihrer Penisüberlänge ertragen müssen. Egal ob psychisches oder körperliches Leid, eine Lösung für den immensen Handlungsbedarf von betroffenen Personen ist noch nicht in Sicht.
Deshalb hat es sich die **>Long-Dong-Gold-Foundation<** zur Aufgabe gemacht, all diejenigen zu unterstützen, die sich für eine operative Penisverkürzung entscheiden, sich aber aus finanziellen Gründen eine teure Operation nicht leisten können.
Die von den Krankenkassen bereits geleisteten Kostenerstattungen für Brustverkleinerungen haben sich unverständlicherweise bei den Penisverkleinerungen noch nicht durchgesetzt. Ein momentan nicht nachvollziehbarer Zustand, wenn man sich vor Augen hält, welchen Unfallgefahren Betroffene täglich ausgesetzt sind. Alleine im letzten Jahr war eine nicht geringe Anzahl von Betroffenen über ihr eigenes Gemächt gestolpert und hatten sich dabei fast das Genick gebrochen.

Medizinische Erfolge setzen sich durch!
Das bei der OP entfernte organische Material kann darüber hinaus auch als Transplantat weiterverwendet werden. Immer öfter setzt

sich die Praktik einer Verpflanzung des verbleibenden Fremdmaterials erfolgreich durch. Eine Win-Win-Situation für alle Beteiligte, die aufgrund der immer weiter fortschreitenden medizinischen Möglichkeiten einen Nutzen daraus ziehen können.

So berichtete schon 1992 die Ärztekammer Hessen, dass es immer mehr Erfolge bei den Transplantationen des gewonnenen Spendermaterials gibt. Seit den letzten 10 Jahren, als zu Beginn der damals noch rückständigen Transplantationstechniken das unvermeidliche Durchhängen im mittleren Bereich (im Fachjargon auch Sifonsyndrom genannt) an der Tagesordnung war, hat sich bis zum heutigen Stand im Bereich der Medizinforschung einiges getan. So schreibt das deutsche Ärzteblatt für Urologie in ihrer Ausgabe vom 23.06.2024, dass immer öfter Operationen ohne Sifonsyndrom erfolgreich abgeschlossen werden. Z.B. wurde das von einem King Kong Chinesen mit Penisüberlänge gewonnene Transplantat an einen Schwarzafrikaner erfolgreich ohne diesen Effekt transplantiert. Die Problematik der nicht gegebenen Farbneutralität war für den Patienten vernachlässigbar und sogar eher von Vorteil. Es bot sich hier noch eine Freifläche für Tätowierungen, z.B. Werbefläche für Pornostars (siehe Beispielfoto) oder ähnliches an.

Eine Tätowierung des Transplantats ist bereits drei Tage nach der OP möglich (siehe Abbildung, Musterbeispiel)